講談社文庫

ニッポンの単身赴任

重松 清

ニッポンの単身赴任

CONTENTS

まえがき……8
【第一話】ひとり酒に人恋しさを募らせるの巻……15
【第二話】プレイバック・青春！　の巻……33
【第三話】単身赴任歴十六年、大ベテラン登場の巻……51
【第四話】単身赴任エクスプレスの巻……71
【第五話】ここはさいはて稚内の巻……89
【第六話】男女三人「島」物語の巻……107
【第七話】札チョン共和国定例国会の巻……129
【第八話】やんちゃな鳶職人、南極へ行くの巻……147
【第九話】中国上海的獅子奮迅日本商社戦士の巻……165

いま日本人が上海で生活するということ……183
【上海寄り道編・第一話】元拓銀マン、上海で復活すの巻……195
【上海寄り道編・第二話】「現場は上海にあり」の巻……209
【上海寄り道編・第三話】ニッポン製造業の未来を案じつつの巻……221
魔都・上海、昼の顔、夜の顔……234
【第十話】哀愁酒場をはしご酒の巻……247
【第十一話】ああ、単身赴任の妻たちの巻……265
【第十二話】浮気か本気か「単身不倫」の巻……283
あとがき……300
特別インタビュー　藤巻幸夫（聞き手・重松 清）……305

本文イラスト／山科けいすけ

ニッポンの単身赴任

まえがき

「単身赴任」という言葉を初めて聞いたのは、いつ頃だっただろう。小学校の三年生だったか、四年生だったか、両親の会話の中にその言葉が出てきたのだった。

「Kは、単身赴任するらしい」

人事異動のシーズンだった。父の同僚のKさんに異動の内示が出て、その同僚が単身赴任することを決めた、というのだ。

父の口調はKさんに同情しているようにも聞こえたが、逆にどこか非難しているようにも耳に響いた。相槌《あいづち》を打つ母の「奥さんも大変じゃねえ……」というつぶやきにも微妙なやるせなさが溶けていた。

我が家も、転勤族である。父は平均して二年に一度は異動の辞令を受け、それに従ってぼくたち家族はいくつもの街に移り住んだ。父にも母にも単身赴任という発想は端《はな》からなく、おかげでぼくや妹は何度も学校を転校するはめになってしまったのだが、とにかく我が家にとっては「家族いっしょ」というのが最大にして唯一の幸せの尺度だった。

それに照らし合わせれば、単身赴任を選んだKさんの決断は、やむを得ないとはいえ、父と母には納得のいかないものだったのだろう。一人で赴任先へ向かうKさんにも、夫を見送る奥さんにも、「なぜ？」と問いかけたかったのだろう。

その気持ちは、いまなら、なんとなくわかる。両親は二人とも家庭に恵まれなかった。父は少年時代に生家から重松家へ養子としてもらわれ、生後まもなく父親と死別してしまった母は、幼い頃は親戚《しんせき》の家に預けられていた。そんな二人にとって、家族とは決して離ればなれになってはならない存在だったのだ。

両親の思いを深く受け止めていなかった頃は――いや、受け止めてしまうとよけいに、だろうか、息苦しさは、正直、あった。中学生や高校生の頃は父に反抗ばかりしてきたし、自分の人生をすべて父にゆだねてしまったような母の弱さをなじりもした。父は家族にこだわるわりにはマイホーム・パパではなかったし、母の思い描く「家族いっしょ」のかたちは、息子にとってはただうっとうしいだけだった。

ぼくは十八歳で家を出た。

三歳下の妹も、三年後には同じように。

両親が「家族いっしょ」のかたちを懸命に守ってきた我が家は、子どもたちの成長と自立によって、あっさりと散開してしまったのだ。

皮肉なものかもしれない。当然だろ、と笑い飛ばせば、それですむ話かもしれない。だが、最近ときどき思う。もしも父が単身赴任をしていたら――つまり、父親のいない我が家で思春期を過ごしていたなら、ぼくはどんなおとなになっていただろう。少なくとも、「家族」や「父親」や「ふるさと」を好んで描く読み物作家にはなっていなかったんじゃないか、という気がするのだ。

その一方で、父親になったぼくは、単身赴任をネガティブにしかとらえていなかった両親の姿を振り返りながら、こんなふうにも思う。

単身赴任って、そんなに忌避すべきものだったのだろうか――？

「父親不在が子どもたちを駄目にする」という論調が広がってひさしい。「残業をする暇があるのなら、早く家に帰って子どもたちとしっかり向き合え」と唱えるひとたちから見れば、単身赴任など言語道断に違いない。

あるいは、「亭主元気で留守がいい」のひそみにならえば、単身赴任という形態が一般的になったことは、すなわち「お父さんがいなくても家庭は成り立つ」ということを証明してしまったのだ、とも言えるだろう。

しかし、単身赴任をするサラリーマンの大半は、一人で赴任先へ向かう理由を「家族のために」と答えているのだ。子どもを転校させたくない、妻や子どもを住み慣れた街から引っ越しさせたくない……これもまた、父親としての、夫としての、きわめてまっとうな決断ではないか。

ぼくの父親のように「家族のために単身赴任をしない」というひとがいる一方で、「家族のために単身赴任を選んだ」というひともいる。たいせつにしているものは同じなのに、選んだ道はあまりにも対照的なのである。

そしてまた、「家族と一緒に暮らしているからこそ仕事にも打ち込める」というひともいれば、「仕事に打ち込むために単身赴任を選んだ」というひとだっている。

ならば――単身赴任について考えることは、家族や仕事について考えることと等価になり、ひいては、そのひとにとっての幸せのかたちを探ることにもつながるだろう。

田辺製薬株式会社が一九九九年四月に発表した『単身赴任ビジネスマンの健康観調査報告』に、面白いデータが紹介されていた。

東京と大阪の企業に勤務する単身赴任者四百人を対象に「単身赴任生活を漢字一文字であらわしてください」という質問をしたところ、回答の上位は次のとおり――。

「忍」(49件)

「苦」(31件)

「楽」（29件）
「明」（19件）
「暗」（16件）
「耐」（11件）
「独」「寂」（各9件）
ネガティブな言葉と、ポジティブな言葉が入り交じる結果となっている。
となると、それこそぼくの両親が見なしていたような〝単身赴任＝必要悪のシステム〟という解釈は、一面的すぎるだろう。
二十一世紀の単身赴任事情は、なかなか奥深く、一筋縄ではいきそうもない。
仕事場にこもっていても、わからない。
単身赴任中の皆さんに会って、お話をうかがってみよう、と決めた。
苦労話は、もちろん出てくるだろう。
しかし、家族と一つ屋根の下に住んでいないからこそ、の幸せもあるかもしれない。
あってほしいよな、とも思う。なにもなかったら……やっぱり、悔しいじゃないですか。

旅を始める。

バッグに一回目の取材のための荷物を詰めたあと、『万葉集』を開いてみた。元祖・単身赴任——防人《さきもり》の歌の中から、取材でお世話になる皆さんへ捧《ささ》げる一首を探しておきたい。

防人は、「崎守」の意味で、上代《じょうだい》、筑紫《ちくし》（福岡県）の海岸の警護のために、三年の任期で東国から派遣させられた兵士のことである。

いまの単身赴任者にも通じる一首……ありました。

「吾等《わろ》旅は旅と思《おめ》ほと家《いひ》にして子持《こめ》ち痩《や》すらむわが妻《み》かなしも」（巻二十　四三四三）

現代語訳は、こうだ。

「おれの旅は防人の道中で先刻つらいことは覚悟しているが、おれの不在中《るすちゅう》、子供を育てて田んぼや家事万端の苦労をして、さだめし痩せ細っているだろうおれの妻のことがいとしくてならないよ」（上村悦子著『万葉集入門』講談社学術文庫より）

ほら、千二百年以上前の単身赴任者だって、自分のことより家族のことを心配している。

二十一世紀の単身赴任者の皆さんは、さて、どうでしょうか……。

【第一話】 ひとり酒に人恋しさを募らせるの巻

長谷川さんの
単身赴任データ

長谷川敏一さん（42歳）
化成品メーカー勤務
三重県四日市市▼▼▼愛知県日進市
二〇〇二年三月〜未定

赴任先の住まい◆
形　態◇　会社の寮
間取り◇　四畳半
家　賃◇　月１５００円
単身赴任手当◆　一時金として5万円
帰宅費の支給◆　月一回分のみ支給

トイレ、風呂は共同。部屋には洗面台もない

〝昭和〟のたたずまい、だった。

プレハブの古い社員寮である。靴音をたてて、鉄製の外階段を上っていく。玄関は共同——というより、階段を上りきった踊り場に靴入れの棚が置いてあるだけで、住人はその棚すらほとんど使わず、踊り場に靴をただ脱ぎ捨てているのだった。

建物の中心に廊下が延びる。向かい合わせに、部屋は十。各部屋の廊下側には窓がない。廊下に染み出た暮らしの気配は、各部屋のドアの上の電気メーターと、むきだしで置かれた小型消火器、そして住人が共同で使う冷蔵庫だけだった。

雨の日曜日。静かな、少し肌寒い昼下がりである。住人は休日の朝寝からまだ目覚めていないのだろうか。廊下に貼《は》られた「盗難注意」の紙には、スペイン語のメッセージも、あった。

廊下の左側の一番手前、一二九号室のドアをノックする。

長谷川敏一さん（42歳）は、ジャージ姿でぼくの訪問を待っていてくれた。

部屋の広さは——四畳半。

「最初は六畳間って聞いてたんやけど、四畳半のカーペットを敷いたらサイズがぴった

りやったんです」

長谷川さんは苦笑する。テレビのバラエティ番組でおなじみのコテコテの大阪弁というわけではないが、話す言葉にはうっすらと関西のにおいがする。

ここは、名古屋駅から電車で小一時間の、愛知県日進市。市街地は開発途上のニュータウンといった趣だが、寮のあるあたりにはまだ田んぼが広がり、山なみもすぐそばまで迫っている。

化成品メーカーに勤める長谷川さんが、三重県四日市市から日進市に単身赴任してきたのは、二〇〇二年三月十七日のことだった。今日は四月二十一日――引っ越しからほぼ一ヵ月、毎週末に自宅に帰っていた長谷川さんにとって、赴任先で過ごす初めての日曜日である。

それにしても……と、ぼくはあらためて部屋を見まわした。

四畳半、である。風呂《ふろ》もトイレも共同で、火気厳禁が原則の部屋には台所はもとより洗面台すらない。家財道具は小さな折り畳み式テーブルと、単身用の冷蔵庫と、電気ポットと、ミニコンポだけ。ミニコンポから流れるビートルズの『SGT《サージェント》・ペパーズ』を聴きながら、童顔の長谷川さんと向き合っていると、なんだか二十年以上前の、ぼく自身の学生時代を思いだしてしまう。〝昭和〟の大学生の一人暮らしは、風呂なし・トイレ共同のアパートがごくあたりまえだった。

長谷川さん自身、かつては〝昭和〟の大学生だった。信州大学に通っていた学生時代は、学生寮や下宿で一人暮らしをつづけたのだという。

「学生寮はオンボロでね、作家の北杜夫も住んでたという寮ですから、当時でもかなり古い建物で……『キリン・ベッド』を作ったのも、学生時代のことやったんです」

ビールケースを敷き詰めて、その上に布団を敷いた——お金のない学生ならではの、バンカラな『キリン（ビール）・ベッド』である。

ふと見ると、テーブルの上には巻き尺が置いてあった。

「ベッドのスペース、ありました？」

ぼくが訊《き》くと、長谷川さんは「部屋の半分、ベッドになりますけど」と笑いながらうなずいて、つづけた。

「酒屋は二軒見つけてありますから、あとで一緒に行きましょう」

長谷川さんのジャージ姿には理由がある。今日は、ちょっとした力仕事をしなければならない。自宅に帰らない初めての休日は、『キリン・ベッド』作りのための〝日でもあるのだった。

二十九歳で結婚して以来初めての一人暮らしに、学生時代への郷愁がかきたてられた——？

だが、もちろん、長谷川さんはもはや学生ではない。部屋の壁には、小学六年生と二年生、二人の娘さんからの「たばこ吸わないでね」のメッセージが貼ってある。

その紙を目にしたとき、ぼくは思わずうつむいてしまった。

単身赴任は第二の青春——なんていう惹句《じゃっく》をつい思い浮かべた自分の浅慮に、冷たい雨のしずくが降りかかったような気がした。

中高年層では、転勤者の三人に一人が単身赴任

「単身赴任」に相当する言葉は、英語にはない。見出し語八万を擁する『新和英大辞典』（研究社）にさえ、「単身赴任」は載っていないのだ。

「仕事のために家族と離れて一人暮らしをする」「家族のために赴任先で一人暮らしをする」単身赴任という形態は、だから、きわめて日本的なものだと言えるだろう。

ところが、手持ちの『日本国語大辞典』（小学館・一九八〇年発行）には「単身赴任」の言葉はない。一九八〇年の時点で「単身赴任」の言葉は辞書的に認知されていなかったのか……いや、実感としては、すでに〝常識語〟入りしていたはずなのだが……。

ネット上で公開されている『日本労働年鑑』の一九八六年版には、こんな一節もある。

〈単身赴任者数を全国レベルで正確にとらえたデータはない。労働省が、『雇用動向調査』（昭和五八年上半期）から単身赴任者について調査項目を設けたものが唯一の全国データである〉

十五年以上前とはいえ、ずいぶん寂しい実状ではないか。同年鑑が紹介する一九八三年の統計によると、その時期すでに大企業（常用労働者一千人以上）の転勤者の五人に一人が単身赴任者で、特に四十～五十九歳の中高年層では、三人に一人の率に達していたという。それでいながら、全国レベルの調査・統計が満足におこなわれてこなかったとは……。

なんとも奇妙な、悪い言い方をすれば〝社会の鬼っ子〟のような存在である。「仕事のために」と「家族のために」という、本来は相反する動機が共存する、不思議な生活形態でもある。

そんな「単身赴任」を、実際に単身赴任生活を営んでいるひとたちを訪ねて、探ってみたい――いや、感じてみたい、と思ったのだ。

二〇〇二年三月、転校少年だったぼくは三十九歳になった。「中高年層」のとば口に立ったわけだ。

三十九歳は、ぼくが最後の転校をしたときの父の年齢でもある。同年代の友人の何人かはすでに単身赴任生活を始め、何人かは人事異動の季節のたびに戦々恐々としている。

とうに定年退職した父は、単身赴任を選ばなかったことをいまでも悔やんではいないはずだ。一方、ちょうど小学六年生になった長女に「もしも」の前提で転校の話を持ちかけてみたら、答えはしごくあっさりと、「パパが一人で引っ越せばいいじゃん」。

単身赴任って、ほんとうに、なんなのだろう——。

当世・単身赴任気質《かたぎ》——きわめて個人的な動機から始める取材が、「家族」と「仕事」と「人生」をめぐるなにかに至ってくれれば、嬉《うれ》しい。

〝転勤なし〟を条件に入社したが……

「昼飯、食いに行きますか」

長谷川さんはぼくをワゴン車の助手席に乗せて、寮を出た。平日の朝夕食は寮の賄《まかな》いで、昼食は寮から自転車で数分の距離にある工場で食べているので、休日の昼食を外でとるのは今日が初めてだという。

車は、山あいの鰻屋《うなぎや》を目指して、雨の中を走る。四日市では両親と同じ敷地に暮らしていた。一家四人に両親、六人のドライブにはぴったりのワゴン車は、一人暮らしの〝足〟としては、いかにもがらんと広すぎる。

「家に帰ったら、一週間ぶんの新聞を読むんです。こっちでは新聞をとってないし、テレビもないから、ニュースはぜんぶ一週間遅れですよ。それでも意外と不便は感じませんけどね」

四日市から日進までは、約九十キロ。高速道路を使えば一時間半だが、千九百円の高速料金がかかる。「なにかあったらすぐに帰れる」距離ではあっても、毎日の通勤となると、やはりキツい。子どもの学校や両親のこともあるので、家族揃《そろ》って引っ越すことは最初から考えていなかった、という。

そもそも、転勤の辞令じたい、青天《せいてん》の霹靂《へきれき》だったのだ。

口約束とはいえ、「転勤がない」というのを条件に入社した会社だった。ところが長引く不況で四日市の工場が人員削減を迫られ、正社員が一名、別の工場に異動することになった。それも、本社の人事部長が長谷川さんと同僚の二人を呼んで「君たちのうち、どちらか一人が転勤になるから」と……。

「二月十四日のことです。どっちが転勤するか決まるまでがいちばん嫌でしたね。行き先も期間もわからないんだから」

長谷川さんが異動の辞令を受けたのは、二月二十日――。

本人よりも、むしろ一歳年下の奥さんのほうがショックを受けた、という。奥さんにしてみれば、単身赴任はあくまでも大企業の話だった。まさか、大手メーカーの下請けの小さな工場の従業員まで単身赴任する時代になるとは、夢にも思っていなかったらしい。

数日後、長谷川さんは仕事を休んで、奥さんとともにハローワークに出かけた。転職の可能性を探ったのだが、結果は……「現実の厳しさを知って、いまの会社で単身赴任せざるをえないという覚悟を固めることになりました」。

その話を聞いて、ぼくは前出の『日本労働年鑑』のことを思いだした。一九八六年――バブル景気の始まりかけた時期、すでに『日本労働年鑑』には、以下のような記述があったのだ。

〈これからも単身赴任者の量的拡大がつづくと予想される。また、これまでの単身赴任は、大企業やホワイトカラーに固有の問題と考えられてきた。（略）しかし、現在までのところ量的には少ないが中小企業やブルーカラーにもすでに単身赴任がみられ、今後はこの層の単身赴任が拡大していく可能性が大きい〉

一九八六年時点に想定されていた〝今後〟が、ここまでの不況だったのかどうかはわからない。しかし、現実の流れは確実に――否応なく、長谷川さんらに単身赴任を強いているのだった。

鰻重《うなじゅう》の昼食を終えると、長谷川さんはその足で街道沿いの酒の量販店に向かった。『キリン・ベッド』のためのビールケースの調達、である。

ケースの大きさは、三十七センチ×四十五センチ。縦に三列、横に五列の合計十五個でベッドができあがる。

「ケースとケースを紐《ひも》で縛っておかないと、寝てるうちに布団の下でずれちゃうんですよ」

ぼくに『キリン・ベッド』作りのコツを話す長谷川さんの口調は、鰻屋で転勤の経緯を話していたときより、ずっと元気がいい。青春時代の思い出がよみがえってきたのだろうか。

残念ながら、ビールケースを安く譲ってもらう交渉は不首尾に終わったが、店のひとは「日本酒のケースなら、ただで持っていっていいですよ」と言った。長谷川さん、即座に方針転換——「『キリン・ベッド』じゃなくて、『酒床』にしましょう」と笑う。

日本酒のケースは、ビールのそれよりも細長い二十七センチ×三十九センチ。縦に四列、横に五列の二十個のケースをワゴン車に積み込み、寮に戻ると、さっそく外の共同洗濯場の水道で埃《ほこり》を洗い流す。あいにくの雨模様で、濡《ぬ》れたケースを乾かすには一日陰干しが必要になったものの、とにもかくにもベッドの完成である。

寝心地は、たぶん、よくないだろう。大学時代といまとでは、長谷川さん自身も体力が違う。筋肉痛や寝違えに閉口する姿も、なんとなく浮かんではくるのだが……長谷川さんは洗濯場の脇《わき》の通路に『酒床』を並べて、「できましたねぇ」と満足そうにうなずく。

あえて〝昭和〟の学生時代に戻ってみること。それは、単身赴任生活をせいいっぱい楽しもうとする決意のあらわれなのか、ちゃんとしたベッドを買わないところに「必ず四日市に帰るんだ」という思いを託しているのか――。

その答えは、いまはまだ、長谷川さん自身にもわからないのかもしれない。

「今ではケータイが家族です」とつぶやいた

部屋に戻る。コンビニエンスストアで買った安いワインを紙コップに注《つ》いで、『酒床』完成祝いの乾杯をした。

初めて一人で過ごす日曜日が、暮れていく。

単身赴任の期間は未定――。

「そこが怖いし、寂しいし、先の見通しが立たないんで困ってます」

娘さんたちからの貼り紙でおわかりのとおり、じつは長谷川さん、二月十六日から禁煙中である。スタート直後はシケモクに手を伸ばすなどしてうまくいかなかったが、転勤を告げられた二月二十日に、気持ちを落ち着かせるために人事部長からの貰《もら》い煙草《たばこ》で一服したのが最後の煙草になった。

「二月二十日という日付がすぐに出てくるのも、転勤が決まった日だからじゃなくて、最後の煙草を吸った日だから覚えてるんですよ。禁煙と転勤も関係ないです。健康のためにやめようと思っただけやから……」

本音なのか強がりなのか、たぶん、その答えもまだ、うまくは説明できないものなのだろう。

「単身赴任をきっかけに、ワインに凝ってみようかなあとも思ってるんです」

と言う長谷川さんのふだんの晩酌は、焼酎《しょうちゅう》のストレート。四日市ではアルコール度数二十五度のものを呑《の》んでいたのだが、呑み過ぎを案じる奥さんが二十度のものに買い換えたのだという。

「酒の量はそんなに増えてませんけど、呑むと人恋しくなりますね。いまはケータイが家族ですよ。メールを打ちやすいからパソコンを買おうと思って、五百円玉貯金も始めたんですけどね、安いのでも十万円ぐらいするんでしょう？　時間かかりそうやなあ……」

単身赴任を機に持つようになった携帯電話を手元に置いた。〝昭和〟の記憶のたちこめる四畳半暮らしに、〝いま〟がひょいと顔を覗《のぞ》かせる。寂しくなると、娘さんより奥さんの声が聞きたくなる、らしい。

「家におった頃も、べつに日曜日だからといって子どもを連れて出かけたりはしなかったんですよ。いままでは子どもに距離を置いてましたから」

そう言いながら、長谷川さん、「でもね」とつづけた。

「先週の週末に家に帰ったとき、下の子が抱きついてきたんですよ。『なんや、こういう子やったんや』って、びっくりしたなあ。離れて暮らすことによって芽ばえたものも、あるんやろなあ。これから、いい意味で変わっていくんかなあ……」

単身赴任、一ヵ月。家族と離れて過ごす日々になにを得るのか、それを一歩ずつ手探りで見つけていく長谷川さんの旅は、いま始まったばかりなのだ。

「パソコンもいいけど、その前にパンを焼くトースターを買わないと」と話してくれた、そのとき——携帯電話がピピッと着信音を鳴らした。

「メールですね……」とディスプレイを覗き込んだ長谷川さん、ぼくをちらりと見て、「読みますか?」と電話を差しだしてきた。

奥さんからのメールだった。

〈ぱぱは初めての日曜、何してた? あっちこっち行ってみた?〉

長谷川さんは「『酒床』作っとったわ」とつぶやいて、ワインのほろ酔いでわずかに赤らんだ頬《ほお》を、照れくさそうにゆるめたのだった。

そして、いま……

単身赴任生活二年目に入った長谷川さん、手製の『酒床』は、いまも健在。禁煙もつづいているのだが、年明けからダイエットと禁酒も始めた。

「太ったんですよ。最高で八キロ増しです。去年の暮れには会社の健康診断で脂肪肝と診断されて、さすがにまだ死ぬわけにはいきませんから、ダイエットと禁酒を決心したんです」

決して豊かとはいえない一人暮らしの食生活で——太るのである、じつは。

単身赴任を始めて半年間の、長谷川さんの日常は、以下のとおり。

午後五時半、終業。残業がなければまっすぐ帰宅。家に帰ると、まず風呂に入り、七時の夕食までは自室でラジオを聴きながらビールや焼酎で晩酌。食堂で夕食を腹一杯食べて部屋に戻ると、八時前には眠くなり、九時に就寝。「健康的」というか、「健康的すぎる」というか……「これなら誰でも太るよね」と長谷川さんは苦笑する。

見た目にも太くなってしまった夫を案じた奥さんは、早寝防止のために、21型のビデオ付きテレビをプレゼントした。さらには自炊のほうがドカ食いを抑えられるだろう、と電気コンロとトースターも揃えた。おかげで殺風景だった部屋にも、だいぶ生活感が出てきた。

もっとも、肝心のダイエットのほうは、三キロ減まではスムーズだったものの、いまはそこで足踏みしている状態だとか。

「週末に四日市に帰るでしょう。食べちゃうんですわ、かなり。一週間がまんしていたものが、堰《せき》を切ったように……小さいリバウンドみたいなもんです」

とは言いながら、この〝単身赴任太り〟には思わぬ余録も付いているのだ。

「中一になった長女も、ちょっと太り気味を気にしているらしく、毎週日曜日の夜に二人でお互いに体重計に乗って、壁に貼ったグラフに書き込んでいるんです。十三歳にもなると、ちょっと反抗期というやつが来ているんですが、それもあって、『太ってるんが気になるんやったら、お父さんと一緒にこういうのでも付けようか』と誘ったんです。娘とのコミュニケーションの一つですよ」

一方、禁酒は順調につづいている。そのいちばんの理由は、単身赴任生活に慣れたことではないか、というのが長谷川さんの自己分析だ。

「つらかったことはなかったと思うんですが、やっぱり寂しかったですよね。かなり寂しかったと思う、最初は。酒で紛らしていたんですわ。酒量は家にいたときの倍じゃきかなかったですからね。しかも、家では缶ビールなのに、こっちでは焼酎をストレートですから、かなり体もつらかったと思います」

いまも寂しさは完全に消えたわけではないはずだ。そもそも「寂しくない」というのは、寂しさがなくなったわけではなく、寂しさをやり過ごす術《すべ》を覚えた、という意味なのだろう。

それでも、長谷川さん、寂しさをプラスに転化して、こう言うのだ。

「禁酒・禁煙でも、ダイエットでも、単身赴任をしているからできるんですわ。家族と一緒だったら、たぶん甘えてしまってダメになると思うんですね。一人でいると、自制が効いて、おりこうさんになって、いろいろなことを考えますもん。〝自分の時間〟がとれるから、家族のことや年取った両親のことなど、家にいるときには考えないことを考えるんです」

一人になっても――いや、一人になったからこそ、家族のことを考える。

ふるさとは遠きにありて思うもの。

あんがい、「我が家」だって、そうなのかもしれない。

【第二話】 プレイバック・青春！ の巻

柴田さんの
単身赴任データ

柴田満芳さん（53歳）

自動車メーカー勤務
愛知県岡崎市▼▼▼宮城県黒川郡
二〇〇一年三月〜二〇〇四年二月予定

赴任先の住まい◆
形　態◇　会社借り上げ社宅
間取り◇　2DK
家　賃◇　月1万8000円
単身赴任手当◆　なし
帰宅費の支給◆　なし

会社員生活の〝締め〟の時期に、突然転勤辞令が

単身赴任を始めて、気づいたことがある。なんだと思いますか？　——と柴田満芳さん（53歳）は、いたずらっぽく目を細めた。

「洗濯なんて、いままでしたことがなかったんですよ。できるかどうか心配だったんですが、全自動洗濯機って、ほんとに簡単なんですね。『女房のヤツ、いままでこんなに楽をしてたのか！』と腹が立ったりして」

細い目が、さらに細くなる。

身長百六十五センチ、体重八十一キロのずんぐりむっくりした体型に、髪の毛も足早に撤退気味……失礼ながら、典型的なオジサンのルックスである。

だが、このオジサン、じつに朗らかに笑う。「柔軟剤や漂白剤？　そんなもの要りませんよ。下着なんて女房以外に見せる機会もありませんし」とジョークを飛ばしながら、取材中のぼくの姿をデジタルカメラで逆取材する。ほんとうに明るいひとなのだ。

生来の性格と言ってしまえばそれまでなのだが、しかし、柴田さんの明るさには、〝意志〟がある。

「どうせ単身赴任するのなら、思いっきり楽しもう、明るくやろう、と決めたんです」

という、強い〝意志〟が――。

転勤の内示を受けたのは、二〇〇〇年の暮れ。突然の話だった、という。

愛知県岡崎市に生まれ育った柴田さん、高校を卒業すると地元の自動車メーカーに就職して、同い歳の奥さんと二十三歳で結婚、三十歳のときに農業を営む両親から譲り受けた土地にマイホームをかまえて……という、ふるさとの地にしっかり根付いた半生だった。一人娘もすでに二十代。サラリーマン生活の締めくくりもそろそろ見えはじめた。そんなときに、突然の異動話がもたらされたのだった。

子会社に出向、赴任先は宮城県。いままで出かけた先の最北端は中学校の修学旅行で訪れた日光だったという柴田さんにとっては、文字どおりのみちのく――〝道の奥〟である。

「ショックはあったし、不安もあったけど、岡崎市の外で暮らすチャンスはもう二度とないかもしれないし、生まれて初めての一人暮らしで、女房の愚痴も聞かされずにすむ。愛しい女房からも解放されるわけですから、明るく単身赴任生活を送ってみよう、と」

ここでもまた、前向きな〝意志〟が口をついて出てくる。

「そろそろ外に出ませんか？　もう準備ができてると思いますよ」

2DKの部屋の外では、さっきからにぎやかな話し声や物音が聞こえている。今日は日曜日。柴田さん、アパートの前の庭でバーベキュー・パーティーを企画したのだった。

柴田さんが暮らしているのは、仙台市の中心部から地下鉄とバスを乗り継いで四十分ほどのベッドタウン、宮城県黒川郡大和町。まだ新しい一戸建てが整然と並ぶ町の一角に建つアパートが、会社で借り上げた住まいだ。一階と二階に二部屋ずつ、隣人三名はいずれも柴田さんと同僚の単身赴任者で、今日のバーベキューにも、中塚優治さん（43歳）と松本幸徳さん（42歳）が参加している。

炭が真っ赤に熾《おこ》ったコンロが二つ、テーブルやディレクターズ・チェアも用意して、ちょっとしたデイ・キャンプ気分である。クーラーボックスの中にはビールも、たーっぷり。

外に出て、空を見上げる。昨日までは天気がぐずついていたが、今日は朝から晴天のバーベキュー日和《びより》だ。

中塚さん、松本さん、そして近くの別のアパートに暮らす、これまた単身赴任仲間の大串敏則さん（49歳）を紹介してもらった。休日のバーベキューは恒例行事になっているらしく、皆さん手際よく準備を整えて、なにはともあれ、まずは乾杯——。

「みんな、こっちに来る前も同じ職場の同僚だったんですが、会社の行事以外で日曜日にみんなで集まるなんて、一度もなかったんですよ」

乾杯のビールを一口呑《の》んで、柴田さん、気持ちよさそうに言った。

柴田さんが赴任してきたのは二〇〇一年三月で、他のメンバーもほぼ同時期に大和町に来た。いわば単身赴任同期の面々である。

子会社への出向といっても、リストラで異動になったわけではない。子会社は地元の雇用創出を目的に四年前に設立されたもので、人材育成のために、親会社が社員を出向させているのだ。

すでに〝一期生〟は単身赴任を終えて愛知県の会社に戻っている。彼らと入れ替わりに出向した〝二期生〟の柴田さんたち、「仲良く」「明るく」を強調する背景には、じつは〝一期生〟から得た苦《にが》い教訓がある。

「最初に単身赴任したメンバーの話を聞いてみると、大変だったようなんです。単身赴任生活がつらかったのかお互いに愚痴ばかりこぼして、人間関係がこじれて喧嘩《けんか》になってしまったこともあったらしくて……。おかげで、こっちも単身赴任に対して悪い先入観を持ってしまったんです。だから、次に来るひとのためにもチームワークを大切にして、明るくいこう、と転勤前にみんなで話し合って決めたんです」

実際、「単身赴任期間中に、東北地方の観光名所をぜんぶ回ろう！」を合い言葉に、みんなで旅行に出かけることも数多い。

『定義山＆ニッカウヰスキー仙台工場見学旅行』『鳴子温泉と銀山温泉の温泉はしご旅

行』『蔵王温泉とさくらんぼ狩り』『仙台七夕まつり』『津軽海峡夏景色&津軽三味線の旅』『松島牡蠣《かき》祭り&牡鹿《おしか》半島の旅』……つい一ヵ月ほど前にも、盛岡へ出かけて、わんこそばに舌鼓《したつづみ》を打った（ちなみに柴田さんは百杯たいらげたそうだ）。

自宅にはもう居場所がないと感じることも

遠出をしなくても、イベントはある。今日のようなバーベキューや鍋《なべ》をつつく呑み会は二ヵ月に一度は開いているし、もっと身近なところでは、誰かが「今夜はサンマを食いたいなあ」と言いだすと、さっそく庭に七輪を出し、それぞれがオカズを持ち寄って、サンマ・パーティーが始まる。

いや、なにも「呑み会」「パーティー」と大げさにかまえる必要もない。

ゆうべは地元の同僚と呑みに出かけたという中塚さんに、大串さんは「俺も呼んでくれればよかったのに」と唇をとがらせ、松本さんは「休みの日にしゃべる相手がいるだけでも幸せですよね」と、しみじみとつぶやき、リーダー格の柴田さんは仲間たちの姿を嬉《うれ》しそうに眺《なが》めながら、肉や野菜を次々に網に載せていく。

ご相伴《しょうばん》にあずかってビールを啜《すす》るぼくは、さっきから、なんとも言えない懐かしさに包まれていた。

この懐かしさの正体はなんだろう……と考えていたら、同行のY記者と話す柴田さんの声が耳に入った。

仲間とお金を出し合って自転車を買った、らしい。名前は『どくだみ号』——おんぼろアパートに暮らす貧乏な若者たちを描いたマンガ『どくだみ荘』(作・福谷たかし)からの命名だ。

それを聞いて、なるほどなあ、と腑《ふ》に落ちた。

古き良き時代の学生下宿のノリなのだ。一つ屋根の下で、少々むさ苦しい若者たちが、ああでもないこうでもないと青春の熱い思いをぶつけ合う、テレビドラマ『俺たちの旅』のような世界なのだ、ここは。

ほろ酔いで頰《ほお》を赤くした柴田さんは、また新しい缶ビールの栓を開ける。酒は決して強いほうではない。ふだんは寝酒に、ウイスキーの薄い水割りをグラスに一杯だけ。それでも、仲間と呑むときには酒が進む、という。

「単身赴任のストレスを発散するというより、単純に楽しいんですよ。しかも、単身赴任だと朝方まで呑んでも誰にも怒られないし、夜遅く帰るときに家族を起こさないよう気をつかう心配もないから。女房の目を気にすることなく、伸びのび呑めるんです」

意外と恐妻家——?

いや、単身赴任にあたって、奥さんがショックを受けないよう、どう説明するかにいちばん苦労したという柴田さん、異動前まで奥さんと一つの布団で眠っていた紛《まご》うかたなき愛妻家なのである。

「内示を受けたのが年末年始の休みの直前だったでしょう。女房がせっかくのお正月を憂鬱《ゆううつ》な気持ちで過ごすことになってしまうのは避けようと思って、ずーっと言えなかったんですよ。どう伝えれば女房が安心するだろうか、と一人で悩んでいました」

ところが、正月早々、思わぬところから奥さんに発覚してしまう。

中塚さんの年賀状に〈東北でも仲良くやりましょう〉と手書きのメッセージがあるのを見つけた奥さん、「あなた、これ、どういうこと?」……。

「その場はなんとかごまかして、正月明けに話したんですが、女房は年賀状の段階で薄々勘づいていたようです。なるべく暗くならないように伝えたつもりでも、女房はやはり、明るくは受け止めてくれませんでしたけどね」

なにしろ生まれて初めての一人暮らしだ。生まれて初めての東北だ。本人が楽観的でいればいるほど、かえってそばにいるひとの不安は募ってしまうものなのかもしれない。

家事全般は、引っ越し後、アパートに四日間泊まり込んだ奥さんが大急ぎで教え込んでくれた。料理で言えば、ダシの取り方から野菜を煮る順番まで、まさに一からコーチしていったのだ。

もっとも、当の柴田さんは、けろっとした顔で言う。

「『なーんだ、簡単なんだ』と思いましたね。いざとなったらコンビニという保険もあるし、『自分の料理を他人に食べさせない』というのをポリシーにしておけば、すべて自己満足でＯＫですから」

ついつい料理を作りすぎて、食べすぎて、赴任以来一年二ヵ月で体重が三キロ増えてしまった、と笑うのである。

「ただ、家に帰っても自分の居場所がなくなったような感じがするんですよ。いまはこっちのアパートのほうが居心地がいいんです」

男同士で遊ぶことの楽しみを取り戻して

奥さんとの連絡は、毎日一度のペースでやり取りしている携帯電話のメールと、「やっぱり女房の声を生で聞きたくて」週に一度の電話。さらに、『単身赴任天国』なるホームページもたちあげて、前述した仲間たちとの旅行の記録などを紹介している。

「同僚の留守宅にも好評なんですよ。元気でやってるぞ、という安心感を与えられるし、離れていても身近に感じられるようです。掲示板にも奥さんや息子さんが書き込みをしてくれたり、なかなか利用率は高いんですよ」

今日のバーベキューも、きっと数日後にはホームページで紹介されるのだろう。

さて、そのバーベキューも、いよいよ宴たけなわ。行きつけのスナックの話題で、おしゃべりは盛り上がりどおしだ。網の上の肉は、三割引の特売だった牛肉をたいらげたあとは豚肉に替わり、いまはラムが香ばしいにおいをたてている。意外と、トウモロコシやナスやキャベツといった野菜が速いペースで網から消える。さすがに単身赴任族、栄養のバランスは忘れない、ということなのだろうか。

それにしても……と、ぼくは何度も首をひねった。皆さんの顔は、ほんとうに明るい。屈託なくよく笑い、よく呑んで、よく食べて、よくしゃべる。

まるで古くからの友人同士のように――つい、そんな紋切り型のフレーズを思い浮かべてしまい、あたりまえだよな、みんな愛知にいた頃からの同僚なんだもんな、と苦笑する。

しかし、会社の同僚は、いったん仕事を離れたときには、どういう存在になるのだろう。会社帰りに酒を呑むことはあっても、休日の付き合いは、はたしてどうなのか。仮に公私ともども気の合う相手だったとしても、休日に男同士で遊びに出かけたりすることはあるのだろうか。〝家族ぐるみの付き合い〟は、逆に言えば、男だけで遊ぶことは難しい、という意味にもなるのではないか……。

「岡崎にいた頃は、どうしてこういう呑み会を開かなかったんですか？」

ぼくの質問に、柴田さんは、あっさりとこう答えた。

「みんな自分の家庭があるから、それぞれ休日は家族サービスで忙しかったんですよ。でも、ここでは、ある意味、独身気分ですから」

言われてみれば当然のことなのに、虚を衝かれた思いがした。単身赴任とは家族と離れてしまうこと――そのネガティブなイメージを、裏返して「家族サービスから解放されること」と考えてみれば、単身赴任ならではの楽しみ方も見えてくるし、同僚との付き合い方も変わってくるだろう。

アメリカに単身赴任をした経験を持つ大串さんも、言っていた。

「単身赴任仲間は、ふつうの同僚とは違った関係なんです。〝戦友〟のようなもので、単身赴任が終わってからも一生の付き合いになりますよ」

「夫婦仲がよくなった気がします」とも……

カメラを手に、アパートの駐車場にまわった。周囲の家々のガレージやカーポートの車は、当然ほとんどすべて〈宮城〉ナンバーである。だが、このアパートの前に並ぶ車は、愛知県の〈三河〉ナンバーばかり。決して広くない駐車場に〈三河〉ナンバーの車が身を寄せ合うように並んだ光景は、確かに大串さんの言葉どおり、〝戦友〟を実感させる。

　室内の写真を撮るために、再び柴田さんに部屋に戻ってもらった。仲間の前では言えない本音を聞いてみよう、という目論見《もくろみ》もないわけではなかった。

　単身赴任で失ったものってありませんか――？

　柴田さんは両切りのショートピースをくゆらせながら、言った。

「そういえば、煙草《たばこ》、しばらく禁煙していたんですよ。でも、単身赴任の件でちょっと悩んでいるときにまた吸いはじめて……いまは平日で一日二十本、休みの日は四十本ぐらいですね」

　うがった見方をすれば、休日に煙草の本数が増えるところに、一人暮らしの無聊《ぶりょう》や口寂しさが垣間見《かいまみ》えるかもしれない。だからこそ次々に仲間たちとのイベントを企画するのだ、と解釈することもできる。

　明るく前向きな〝意志〟を持つことは、単身赴任で落ち込まないためのサバイバル術とでも言うべきものかもしれないし、現地採用した若い社員を指導・育成するためには、本社から来たメンバーの足並みが揃《そろ》っていなければ示しがつかない、という側面もあるだろう。あるいは、三年たてば我が家に戻れるとわかっているからこそ、割り切って「楽しもう！」と言えるのかもしれない。

　だとすれば、仲間をつなげる前向きな〝意志〟が、万が一息切れしてしまったときは、どうなるのだろう。

そんな思いも、頭の隅をちらりとよぎる。

だが、それを突き詰めて問うのは、やめよう——と思った。薫風《くんぷう》に吹かれて呑むビールは薄暗い酒場で呑むよりもずっと美味《うま》くて、みちのくの五月の空は抜けるように青い。そしてなにより、焦げた肉を頬張《ほおば》り、ジンのウーロン茶割りという〝学生ノリ〟のカクテルを啜る皆さんの顔は、ほんとうに楽しそうだったのだから。

「一年二ヵ月の単身赴任生活で、とりあえず男一人で生きていく自信がつきましたね。女房にとっても良い経験になってるようで、以前より夫婦仲が良くなった気がします。長い人生を考えたら、三、四年知らない土地で暮らすのもリフレッシュになると思うし、新しい会社で若いひとたちを育てるという仕事もやり甲斐《がい》があるし……」

部屋にあったギターを手に、柴田さん、さらにつづける。

「単身赴任生活もあと二年足らずでしょ。仕事のスケジュールを考えると、三年間だと中途半端なところで次のひとに引き継ぐ感じになりそうだから……僕は、こっちに四年いてもいいと思ってるんだけどね」

ギターをつま弾く。

『禁じられた遊び』のメロディーが部屋に流れる。

家族サービスの重荷を背負わず、男同士で青春時代を追体験すること——それは、世のお父さんたちにとっては、まさに〝禁じられた遊び〟なのかもしれない。

青春ドラマには付き物のマドンナは、残念ながら……いや、その、幸いにして、現れてはいないようなのだが……。

そして、いま……

「記事を読んだ会社の上司に褒《ほ》められちゃいましたよ」

柴田さんは嬉しそうに言った。記事中にもあるとおり、前任のグループは人間関係がしっくりいかないまま、仕事の成果も芳《かんば》しくなかった。それに比べて、柴田さんたち単身赴任第二期生は、しっかりやってるじゃないか——ということである。

もちろん、いまも、その期待に応えて『どくだみ荘』は和気あいあい。ドライブやバーベキューもつづけている。

「この夏は北海道に行こうかという話で盛り上がってるんです。仙台港からフェリーを使ってマイカーで行くか、飛行機で行って現地でレンタカーを借りるか、みんなで相談しているところで、なかなか決まらないんですが、そういう話をしていることが、また楽しいんですよね」

ところで、柴田さんの任期は、あと一年を切ってしまった。取材に応えて、単身赴任の延長もまたよし、と笑っていた柴田さんなのだが……その思いはいまも変わっていない。

「やっぱり、一年ぐらいは延長してもいいんじゃないかなあ。健康のほうも問題ないし、いまの生活を楽しんでますから。もちろん、『明るく』『仲良く』をつづけながらも、少しは内心なにか思っているメンバーもいるかもしれません。でも、それを口に出さないでやっていれば、私はいいと思うんですよ」

仲良しといっても、子どものように言いたいことをポンポン言い合う——というのは、現実的には難しい。

おとなのチームワークは、あくまでも君子の交わりとして、「明るく」と「仲良く」を演出していくことかもしれない。

ちょっと寂しい発想？

いや、しかし、なにかをつくりあげるというのは、楽しいではないか。三年ないしは四年間の単身赴任生活を楽しいものにするために、仲間たちで笑顔を持ち寄る。ぼくはその演出を全面的に肯定する。憧《あこが》れる。なぜって、ぼくを含む世のお父さんは皆、我が家の「明るく」と「仲良く」の演出にさえ苦労しているのだから。

そして、柴田さんたちを見ていると、ふと、こんなことも思う。

家族いっしょに暮らしているひとたちだって、お父さんの友だちが気軽に家に訪ねてくるようになれば、我が家の雰囲気もだいぶ変わってくるんじゃないだろうか。

お父さんは（お母さんだってそうかもしれない）、家ではいつも「お父さん」でしかいられない。男同士、おとな同士で過ごすお父さんの姿って……意外と、子どもたちは目にすることができないものなのだ。

【第三話】単身赴任歴十六年、大ベテラン登場の巻

川崎さんの
単身赴任データ

川崎　博さん（55歳）

コンピュータ・システム開発会社勤務

宮城県仙台市▼▼▼東京都世田谷区

一九八七年〜未定

赴任先の住まい◆

形　態◇　賃貸マンション

間取り◇　1LDK

家　賃◇　月8万2000円

単身赴任手当◆　なし

帰宅費の支給◆　なし

単身赴任生活は十六年目に突入

今回は、実用的な情報から書き起こさせてもらいたい。

もしも——あなたが単身赴任をすることになったら、そして、インターネットへの接続が可能なら、ぜひ覗《のぞ》いてみてほしいホームページ（以下ＨＰ）がある。

検索サイト『ＹＡＨＯＯ！』で、〈単身赴任〉をキーワードに検索をかけると、二〇〇二年七月三日現在、ヒットするのは九件。単身赴任向けマンションの紹介や個人の単身赴任日記などが並ぶなか、『単身赴任おじさんのホームページ』というＨＰが見つかるはずだ。

〈単身赴任・リストラ・失業・就職ができない若者……と世の中は厳しいが逞《たくま》しく活きましょう！／単身赴任で離れ離れな家族をつなぐホームページを運用したいと思っております〉

そんな口上が掲げられた同ＨＰのなによりの特長は、単身赴任生活に役立つ情報のリンクが豊富であること。

主なものを、タイトルのみ挙げておこうか。

『ＮＨＫ受信料「単身赴任先の受信料支払いは」』

『国税庁「単身赴任者が職務上の旅行等を行った場合に支給される旅費の取扱いについて」』

『単身赴任の現状と問題（法政大学大原社会問題研究所）』

『「単身赴任応援団」火災保険、傷害補償』

『レンタル家具の火災保険』

『単身赴任ビジネスマンの健康観調査（田辺レポート）』

『キユーピー簡単料理お薦《すす》め教室（キユーピー3分クッキング）』

『単身者帰省割引（JAL航空券）』

……硬軟とりまぜて目配りよく、かゆいところに手が届くようにリンクが張られているのだ。

〝情報の共有〟というインターネットの精神をそのまま体現したHPを開設・管理する『単身赴任おじさん』とは、いったいどんな人物なのか。

トップページの口上には、簡単な自己紹介もついている。

〈おじさんは単身赴任生活15年を迎え記録更新中です〉

『the０１２３引越文化研究所』の調査によると、単身赴任生活の平均年数は三・六年。その四倍以上もの年月を過ごしてきた大ベテラン――昭和の時代から単身赴任生活をつづけているひと、なのだ。

お目にかかりたい、と思った。

お話をうかがってみたい、と思った。

編集部を通じて打診をすると、ほどなく取材OKの回答を得た。物書きの習い性として、自宅のパソコンに向かってHPを更新する『単身赴任おじさん』という絵柄をすぐさま想像しつつ、取材の場所を尋ねると――。

「高尾山で会いたい、とのことです」

仲立ちをしてくれたY記者は、困惑交じりの声で言った。

東京と神奈川の県境近くにある高尾山は、標高五百九十九メートル、首都圏の日帰り登山・ハイキングの名所として知られる。

『単身赴任おじさん』は、パソコンの達人であると同時に、アウトドア派のひとでもあったのだ。

六月十五日、梅雨のさなかの土曜日に鉄道とケーブルカーを乗り継いで、高尾山の山頂のほど近くまで登った。天気は小雨模様。ガスなのか霧なのか雨雲なのか、あたり一面ほの白く煙って、湿った嵐気《らんき》が、まばらな登山客を包み込む。

『単身赴任おじさん』こと川崎博さん（55歳）は、ケーブルカーの高尾山駅でぼくを待ってくれていた。東京・世田谷区の自宅を早朝出発して、すでに山頂まで登ってきたのだという。

「山登りは最近復活させたんですよ。ちょっと体力が落ちてきたんで、学生時代にワンダーフォーゲル部で使っていた道具を、家から取り寄せたんです」

宮城県仙台市の医療系財団法人に勤務していた川崎さんが、転職を機に上京したのは、四十歳のときだった。奥さんと一人娘を仙台に残した単身赴任生活は、ＨＰの自己紹介より一年多く、すでに十六年目に入っている。

東京での住まいは、杉並区・八王子市・立川市・多摩市、現在の世田谷区と、転居歴四回を数え、上京したときに高校受験を控えていた娘さんも結婚をして、ふと気づけば、奥さんとの三十二年間の結婚生活の半分は単身赴任……。

だが、川崎さん、あくまでも自分の拠点は仙台だと力説する。

「私は出稼ぎ労働者ですよ。東京には仕事のために来ているだけで、我が家は仙台なんです。だから、ほら……」

運転免許証を取り出して、見せてくれた。そこには確かに、現住所として仙台の自宅が記されている。

もっとも、住所欄以上にぼくの目を惹《ひ》きつけたのは、川崎さんが普通二種免許と大型二種免許を取得している、ということだった。要するに、タクシーやバスの運転もできるのである。

「定年後はそういう仕事もいいなって思ってるんですよ」

目尻《めじり》に深い皺《しわ》を寄せて、会心のいたずらを自慢する少年のように笑う。

もともと資格取得など新しいことに取り組んだり、ひとと出会ったりすることが好きな性格だった。

「子どもの頃から電気回路を見るのが大好きで、小学五年生の時にはステレオのラジオを自作していました。コンピュータは財団法人にいた頃から仕事で使っていたんですが、趣味の延長という感覚だったんですよね。あの頃は、友だちと二人で、当時はほとんどなかった個人輸入代行のアルバイトもしていたんです。呑《の》み屋で知り合ったお客さんから注文を受けて、輸入の手数料をとる。あれは儲《もう》かったなあ」

東京の企業にヘッドハンティングされた理由も、コンピュータの経験を買われてのものだった。

しかし、経営陣の不動産投資がたたって、九年前に会社は倒産。

「幸い、私はいままでの実績を評価されていまのコンピュータ・システム開発の会社に転職できましたが、部下の再就職先を見つけるのには苦労しました。必死に奔走して、なんとか六人を引き取ってもらいましたが、全員は無理でしたね……。いまの会社でもリストラが進められてるので、若い連中の再就職先が心配なんですよ」

どうやら、川崎さん、兄貴分の役回りが似合う性格でもあるようなのだ。

ホームページへのアクセスは五万件近くに

コンピュータに対する深い知識に、面倒見の良さが合わさって――『単身赴任おじさん』が生まれた。

「私の会社にも単身赴任者はいるんですが、みんな悩んでるんですね。悩みを解決、あるいは打ち明ける術《すべ》を持っていないから、みんな呑み屋で愚痴をぶつけ合うしかない。さらに、留守を守る家庭においても、不安、不平、不満が渦巻いているわけでしょう。だったら、そういうひとたちのためのHPがあったら、少しは悩みの解消に役立つかもしれない、と思ったんです」

登山道の入り口の茶店で、川崎さんはノートパソコンを広げ、PHSのデータカードを接続した。取材のテーマがHPということで持参をお願いしたノートパソコンだが、よく考えてみれば、川崎さん、パソコンをリュックに入れて高尾山の山頂まで登ってきたのだ。あらためて、感謝、恐縮である。

「こんなところでパソコンを広げたら、おたくみたいだなあ」

川崎さんが帽子を目深《まぶか》にかぶり直して苦笑しているうちに、画面に『単身赴任おじさんのホームページ』が表示された。

一九九六年に開設して以来、アクセス数は四万八千を超えた（二〇〇二年七月三日現在）。トップページに並ぶ『単身赴任おじさん』からのメッセージの文面にも、〝読者〟のために、という意識が強く感じられる。

〈単身赴任生活を楽しく過ごすには趣味を持つことが大事だなと思いますよ。おじさんの趣味はいろいろ有りますが最近は都会の中の旧所巡りを楽しんでおりますよ！　天気の悪いときの趣味を見つけておくことも大事ですよ！〉

〈単身赴任の方々はストレスを溜《た》めている方がたくさんおりますが話のできる友人を持たないとストレスに潰《つぶ》されてしまいますよ！〉

〈とかく単身赴任をしておりますといろいろな誘惑がありますよ（勘違いしないようにに）。寂しさのため、アルコールに走ってしまう方が結構多いんですね。健康管理のためにも運動は良いのですが、長続きできる運動が良いですね。つまり、歩くこと、自転車で散策すること〉

ＨＰ開設からの六年間は、パソコンやインターネットが爆発的に普及した時期と一致する。

総務省の『生活の情報化調査』『通信利用動向調査』によると、インターネットの世帯普及率は一九九六年に三・三パーセントだったのが、二〇〇〇年には三十四パーセントにまで達した。その変化は、川崎さんのＨＰにもはっきりと表れている、という。

「掲示板に書き込んでくる悩みそのものは、あまり変わらないんです。子どもの教育にかんする悩みが、昔もいまも圧倒的に多い。ところが、最近は、留守宅の奥さんからの書き込みが増えてきたんです。パソコンやインターネットの普及に加えて、奥さんも悩みを外に対して出すようになったのかもしれませんね」

笑い話ですけど、と前置きして、川崎さんはこんなことも教えてくれた。

HPを開設して間もない頃は、単身赴任者用サイトということで、性風俗系の業者が「お掃除代行サービスします」「洗濯、家事のお手伝いをします」という名目で掲示板に投稿してくることも少なくなかった。ところが、留守宅の奥さんからの書き込みが増えるにつれて、その手の広告は激減したのだという。

〈日曜日の夕方はすごく寂しい〉との書き込みが

掲示板を覗かせてもらった。なるほど確かに、奥さんからの投稿が目立つ。前週の日曜日の夜は、〝日曜日の夕方の寂しさ〟――つまり、週末に帰宅した夫が単身赴任先に戻ったあとの奥さんの寂しさについての投稿が多かった。

以下、転載の許可をいただいたひとの書き込みを、いくつかご紹介してみよう。

〝日曜日の夕方の寂しさ〟の話題を切り出したのは、ハンドルネーム『あじさい』さんだった。

〈元気で見送ったんだけど……ちょっとしたきっかけで……ぼろぼろ涙が出ちゃって……。「着いたよ」コールも「よかった」と思いつつ……凄《すご》く、すごく寂しいですね。日曜日の夕方っていうのも……なんとも寂しく……やりきれないですね。ユーミンのラジオなんてかかってるし……。みなさんどうしていらっしゃいますか。ちょっと切ない日曜日の夕暮れ……〉

すると、同じ立場の奥さんたちから、共感のメッセージが次々に寄せられる。

〈だんなは、夜七時過ぎの飛行機で飛び立ちました。……といっても、空港まで見送ることはなく、自宅の最寄駅まで車で送って、ここまでなんですけど。／バイバイする時は寂しくて、むこうが飛行機に乗ってる時間は心配してて、空港から「無事に、着陸したよ……」とメールが入った時に、ようやくホッとして落ち着きます。これの繰り返しです。／みなさん、なんとか明るく生きていきましょ～。ピンクやオレンジの気持ちにはなれないケド、せめてクリーム色ぐらいの気持ちでね〉（ハンドルネーム『ふふ』さん）

〈私も今日は、見送り仲間です。夕方まで子どもたちと一緒に動物園に行って、四時半に駅まで送りました。子どもが、「またね！　また来てね！」と手を振っていました。／仕事で帰ってきたので、ろくに話すこともできず……なんだか、いまとても寂しい気持ちでいっぱいです。彼は十一時頃着いたはず。電話もない。あ〜ぁ、やりきれないなぁ。でも、サッカー（W杯・筆者注）勝ったことだし、明日から頑張ろっと！〉（『わかば』さん）

〈今夜主人が帰ってしまい、一人でサッカーを見てました。これってきっと二人で見たらもっと盛り上がるのかな〜なんて思って見てました。／一泊二日といっても寝ている時間を除けば何時間だろう……。／パパがいなくても子どもたちは元気だけど、帰ってくるとべったりで、帰った時は必ず「パパ、あ間違ったママ」と言い換えます。それぐらい「パパ」と言ってるんでしょうね。／また一週間が始まります。いつもの母子家庭で頑張ります！〉（『ポポ』さん）

そんな〝見送る側〟の思いに応えるかのように、翌日には〝見送られる側〟の思いも掲示板に書き込まれていた。匿名希望の男性からの投稿は――。

〈単身赴任七年目に入ると、少々開き直れますし、慣れもあります。／しかし単身赴任当初は、日曜日の夜見送られて帰る夜汽車の寂しさは言い表しようがありませんでした。帰り、車中の窓から見えるのは真っ暗な闇《やみ》……はかどるのはお酒だけ。それがいやで、日曜日の昼間帰るようにしました。／つらいのは奥様方だけではありません。当人が一番つらい……。おわかりとは思いますが、旦那様《だんなさま》方の代弁をさせていただきました〉

すると、『わかば』さんは〈そうですね。一番寂しいのは、本人かもしれませんね。／反省〉と返事を書き送り、『あじさい』さんも、〈おっしゃるとおりですね。いつも自分の気持ちだけで精一杯で……なんとなく「つらいのは自分だけ」になってたかもしれません。私も反省……です〉。

ああ、いいなあ、と思った。

ちょっとクサい言い方をすれば、胸が熱くなった。

ぼくは冒頭近くで、川崎さんのＨＰでは〝情報〟が共有されている、と書いた。

だが、みんながなによりも深く共有しているものは、〝思い〟なのかもしれない。

「精神的に弱いひとが最近は増えたかな」と

川崎さんのＨＰがなければ、ばらばらのまま、出会うこともすれ違うこともなかったはずの寂しさが、まるで夜空の星座のようにインターネットの空間でつながりあうことで、励ましや、慰めや、ささやかな希望に変わる。

「私もね、単身赴任したばかりの頃は、悩んでばかりでしたよ。仕事がうまくいかなかったり、寂しかったり……布団の中で、寝入るまでの間に、いろんなことが頭の中をよぎるんです」

川崎さんはそう言って、「いわゆる『涙で枕《まくら》を濡《ぬ》らす』ってやつですな」と笑いながらノートパソコンをリュックにしまった。

「いま？　いまはもう、長年やってきましたから、自分の中ですべて解決しました。女房や娘も、この生活を理解してくれていますし」

全国各地の病院のコンピュータ・システムをコンサルティングする川崎さん、月の三分の二は出張という忙しさのなか、出張先でも掲示板の内容は毎日欠かさずチェックしているが、ご本人が発言することはめったにない。政治的な意図があったり商業目的だったりする投稿は削除するものの、それ以外は干渉しない姿勢を貫いている。

「ただ、最近の投稿を見てると、精神的に弱いひとがちょっと増えたかなあ、と。いずれはメンタル・ヘルスのHPもつくりたいんです。単身赴任だけじゃなくて、定年を迎えたひとにも、現役のサラリーマンにも、悩みを打ち明ける場は必要なはずだから」

じゃあ、川崎さんは――？

川崎さんにはいま抱えてる悩みや、これからの不安は、ほんとうにないんですか――？

答えは、少し間をおいて返ってきた。

「親の介護の問題ですかね……。いまのところはだいじょうぶですが、いずれ介護が必要になったら仙台に帰らざるをえません。いままでは漠然としか考えていなかったんですが、その決断のときが近づきつつあるんだな、と最近よく思います」

それ以上の言葉はなかった。ひとに弱音を吐くのが嫌いな性格――でもあるのだろう。だからこそ、ひとの弱音を受け止めるHPを開設したのだろう、きっと。

「そもそもね、〝単身赴任〟という会社の異動辞令なんてないんですよ。単身赴任は本人の都合で選んだ形なんだから、変な被害者意識を持たずに、とにかく明るく前向きにやっていくのがいちばんですよ。私だって、東京本社の採用で、たまたま自宅が仙台にあっただけなんだから、じつは正確には単身赴任じゃないんです。だから単身赴任手当も帰宅手当ももらってません」

わははっ、と笑う。

単身赴任の大ベテランは、厳密な意味での単身赴任者ではなかった――。

キツネにつままれたような……いや、天狗《てんぐ》伝説のある高尾山にちなんで、豪快な天狗さまに心地よく翻弄《ほんろう》された、と言ったほうがいいだろうか。

「まだ時間があるので、もう一回、頂上まで行ってきますよ」

リュックを背負《しょ》い直して、川崎さんは霧雨が降る登山道を歩きだした。がっしりした背中が、少しずつ遠ざかっていく。白い靄《もや》が川崎さんを包む。

来週の日曜日も山歩きですか――？

天狗さま、こっちを振り向いて、「仙台に帰りまあす」と気持ちよさそうに笑ったのだった。

そして、いま……

二〇〇三年——正月早々、川崎さんからこんなメールが届いた。

〈私は2003年は大きな変動の年になりましたよ！　実は引き抜きがあり、2月より転職をいたします。勤務地は新橋と仙台で、勤務の中心は東京になります〉

前の会社は、川崎さんを引き留めるために自宅のある仙台への転勤を命じた。しかし、それを振り切って、あえて単身赴任をつづけての転職を選んだのだ。

〈結局は強引に円満退社の運びとなりました。男は仕事を選択してしまいますね。好きこのんで単身赴任を選択するとは……〉

メールはそんなふうに、どこか自分自身にあきれているような文章で終わっていた。

ところが、〈大きな変動〉は、それだけでは終わらなかった。

新しい会社の方針転換に伴い、川崎さんは仙台を担当することになった。川崎さん、この五月に、仙台の自宅に帰ったのだ。

十六年におよぶ単身赴任生活にピリオドを打った感慨や、いかに——。

「いやぁ、でも、私としては仙台に来ることに一抹《いちまつ》の寂しさを感じましたよ。やっぱり仕事は東京だな、と思います。いま仙台でやっている仕事は東京にいた頃と同じなんですけど、時間の流れとか物事の考え方とか、やっぱり違うんですよね。困ってしまったという感じです。私生活はともかく、仕事の面では仙台と合わない。仙台出身でも、もう合わないんですね」

かくも長き不在——東京で取材に応えてくれたときの「私は出稼ぎ労働者ですよ」の言葉とは裏腹に、故郷の街との間には微妙なずれが生じてしまった。なにしろ、川崎さんは「仙台に来る」という表現をつかった。「仙台に帰る」とは言わなかったのだ。

奥さんの反応も、「まあ、安心はしたみたいですけどね、特に口に出してなにかを言ったりはしませんでしたよ」と淡々としたものだった、という。

うーん、結婚生活の半分を単身赴任で過ごした夫婦にとっては、まだ同居のペースをつかみかねている、というところか。

ところで、単身赴任生活を終えたということは、つまり川崎さんは『単身赴任おじさん』ではなくなったのだ。アクセス数がすでに五万を超えたＨＰは、どうなってしまうのか。

「転職後は仕事がとにかく忙しくて、更新する暇もないんです。こんな状況になったので、そろそろ閉鎖しなくてはいけないのかな、とも考えています。ただ、掲示板はけっこう利用されているので、〃単身赴任者の方たちの心のオアシス〃として提供していこうかな、と思って、とりあえず放置してあります。まあ、好きなようにやってよ、という感じですね」

ちょ、ちょっと……なんだか、単身赴任を終えたとたん、急に醒《さ》めてきてません？

単身赴任になってウツを感じるひとは数々いるが、もしかしたら、川崎さんは逆に、自宅に帰ってウツに陥りかけているのだろうか。

と、こちらの勝手な推理を見透かしたように、川崎さんはつづけて言った。

「仙台での仕事の目処《めど》がついたら、必ず東京に戻りますよ。早ければ早いほどいい。一年以内に、こっちでの仕事に目処をつけたいと思っています。もちろん、東京ではまた単身赴任です。これは女房にも話してありますし、私の生き方はそうなんだな、と理解してくれていると思います」

きっぱりとした口調で、どこか誇らしげに——。

「結局、ワーカホリックなんですよ、私」

オチをつけるように、苦笑する。だが、その笑顔には、自嘲《じちよう》めいた衒《てら》いはなかった。

『単身赴任おじさん』のＨＰのトップページに掲げられたメッセージを、あらためて思いだす。

〈単身赴任・リストラ・失業・就職ができない若者……と世の中は厳しいが逞しく活きましょう！〉

ワーカホリック。それは、決して「仕事中毒」というネガティブな意味だけではなく、自分が仕事の現場から求められて、自分も仕事に生き甲斐《がい》を感じているひとに冠せられる称号でもあるのかもしれない。

【第四話】

単身赴任エクスプレスの巻

服部さんの単身赴任データ

服部政彦さん（44歳）

三菱自動車勤務

大阪市都島区▼▼▼東京都渋谷区

二〇〇一年十月～未定

赴任先の住まい◆

形　態◇　会社が借り上げた単身赴任者用マンション

間取り◇　ワンルーム

家　賃◇　月1万5000円

単身赴任手当◆　月3万円

帰宅費の支給◆　月一回分のみ支給

帰宅手当は『ひかり』が前提。『のぞみ』はダメ

六月半ば、月曜日の朝、午前五時半過ぎ。

今日もまた暑くなりそうな予感をはらんだ朝の陽光が、プラットホームに射し込んでいる。

喫煙コーナーからたちのぼる幾筋もの煙草《たばこ》の煙は、あくびとともに吐き出されたものが多いのか、あと数時間で始まるビジネス・アワーのせわしない煙に比べると、なんだかゆらゆらと頼りなげにも見える。

ＪＲ新大阪駅、二十五番ホーム——すでに列車は入線している。新大阪発六時ちょうどの『ひかり二〇〇号』である。

新大阪駅を朝一番に発つこの列車は、京都、名古屋と停車して、八時五十六分に終点の東京駅に到着する。

一方、向かい側の二十六番ホームで発車時刻を待つ『のぞみ四〇号』は、新大阪出発は六時十分だが、名古屋で『ひかり二〇〇号』を追い越して、東京到着は八時四十分になる。

ホームで煙草を一服するひとたちも、あとしばらくすれば、『のぞみ』と『ひかり』

それぞれに分かれて乗り込んでいくはずだ。

ホームにいるのは、ほとんどが中高年のサラリーマンだった。通勤用のバッグよりも大ぶりな、ボストンバッグを足元に置いているひとが多い。

出張帰り?

いや、しかし、今日は月曜日なのだ。週末に出張先で仕事をこなして月曜日の早朝に帰京するひとが、こんなにいるとは思えない。

と、なると——。

ぼくは待ち人の顔を思い浮かべて、ひとりうなずいた。

なるほど、確かに、この二つの列車は〝単身赴任エクスプレス〟なのだろう——。

「東京に帰るときの新幹線は、私のような単身赴任のサラリーマンで満員なんですよ」

そう教えてくれたのは、三菱自動車でバスの販売を担当する服部政彦さん(44歳)だった。

大阪の自宅に家族を残して東京に単身赴任中の服部さん、この週末はひさびさに大阪で家族と過ごし、〝単身赴任エクスプレス〟で帰京する。その服部さんを、ぼくはいま、新大阪駅二十五番ホームで待ち受けているのだった。

五時四十五分を回るとホームはしだいににぎやかになってきた。売店に立ち寄って、新聞や缶コーヒー、ペットボトルのお茶などを買い込むひとも多い。

みんな、今朝は何時に家を出たのだろう。新大阪から比較的近い大阪市都島区に自宅のある服部さんでさえ、五時過ぎには家を出ているというから、大半のひとは四時台に家を出ているのだろう。起床時間は真夜中の三時頃というひとだっているはずだ。体の疲れを考えたら、日曜日の夜のうちに東京に戻っておいたほうがいいはずなのに……。

「それはそうなんですけどね」

東京での取材で、服部さんは苦笑交じりに言っていた。

「体はしんどくても、気持ち的には全然違うんですよ。日曜日ぐらいはゆっくり家族と過ごしたいんです。日曜日の夜に家族と別れて、あわただしく戻るのは、やっぱりつらいですよね」

その言葉を思いだしながら、ホームにたたずむひとや列車にすでに乗り込んだひとを見まわしてみると、確かに皆さん、疲れてはいても、どことなく満ち足りた表情をしているような気もする。

五時五十分、服部さんがホームに姿をあらわした。手にはボストンバッグと、新聞と、ペットボトルのお茶。身長百七十五センチ、体重七十八キロのがっしりとした体は、まだ完全に目覚めきってはいないのか、昨日の日曜日に自宅で取材をさせてもらったときより一回り縮んでいるようにも見える。

「ゆうべは十二時過ぎに寝て、四時四十分に起きました。いまは夏場だから外も明るいけど、冬になると、新大阪に着くまで真っ暗ですよ」

笑いながら、さっそく列車に乗り込んだ。服部さんがいつも使うのは『ひかり』のほうだ。『のぞみ』だと旅費は割高でも、起床時間を多少は遅くできるのだが、会社から支給される帰宅手当は月に一往復分のみ、それも『ひかり』の金額しか出ないのだという。

「まあ、慣れてますからね。それに、この『ひかり二〇〇号』の車両は『のぞみ』と同じですから、ゆっくり眠れるんですよ」

寝心地がまず最初に求められるところが、〝単身赴任エクスプレス〟ならでは、だろうか。そういえば、服部さん、「飛行機は使わないんですか？」というぼくの質問に、きっぱりとこう答えたのだ――「飛行機は時間が短すぎて、眠ってもすぐに起きなきゃいけないから」。

定刻の六時ちょうどに『ひかり二〇〇号』は出発した。シートはまだ半分以上空いているが、京都と名古屋で乗ってくる客を加えると、ほぼ満席になるらしい。

「単身赴任が嫌なら自分で異動先を探せ」と

服部さんはお茶と携帯電話をシートポケットに収めて、新聞を広げた。

同行取材とは言うものの、服部さんのいつものペースを乱すのは憚《はばか》られる。

空いた席に移ったぼくは、服部さんの取材ノートの整理にとりかかることにした。最初のページに走り書きしたキーワードは――〈野球少年〉。

地元・大阪の桜宮高校から東海大学に進学した服部さんは、小学三年生頃から野球一筋に生きてきた。原辰徳（巨人軍監督）の一期先輩だった東海大学時代は出場機会に恵まれなかったものの、社会人野球の強豪・三菱自動車川崎に入社し、五年間現役でプレイした。ポジションはレフト。アベレージヒッターとして、全盛期にはクリーンアップの一角も任されていた好選手だった。

「現役時代の五年間は人事畑でした。シーズン中は午前中で仕事を終えて午後からは練習という野球が仕事のような生活だったんですが、現役引退後はずっとバス・トラック畑です」

東京本社を皮切りに、川崎、横浜、名古屋と転勤をつづけ、一九八八年に大阪勤務となった。

「高校を卒業してからずっと離れていましたから、大阪に戻ったときは嬉《うれ》しかったですね。他の地方が嫌だというわけではないんですが、生まれ育ったところは、やっぱりいいですよ。心が落ち着きますから」

結婚をした。長男の雄介くんと長女の知佳ちゃんも生まれた。社宅を出て、都島区の実家で両親との同居も始まった。仕事の担当は大阪府と兵庫県でのバス販売。バスの全国シェアが四十パーセントの三菱だが、関西では特に強く、シェアは五十パーセントを超える。いわばドル箱の地域を任され、公私ともども、故郷・大阪にしっかりと根を下ろした毎日だった。

ところが——。

二〇〇一年夏、三菱自動車は組織の大幅な改編を決定する。バスの販売部門を東京の本社に集約するために、札幌・名古屋・大阪の各支社の販売部門がそっくり東京に移されることになったのだ。

異動にあたって、最初の選択肢は「三菱自動車に残るかどうか」だった。上司は「大阪に残りたいのなら、自分で異動先を探してこい」と言う。つまりディーラーなど、自分で交渉して職場を見つけろということだ。実際に「ウチに来ないか」という誘いもあったのだが、服部さんは「いまの仕事でもっとがんばってみたい」と、会社に残って東京転勤を受け容れることに決めた。

そうなると、次の選択肢は「家族と一緒に東京に赴任するか、単身赴任か」である。

「じつは、ウチの嫁さんは東京の出身なんです。東京に行ってもいいし、大阪でも十年以上暮らしていますから、ここに残ってもいい、という感じだったんですね。ただ、私としては、親のことを考えざるをえなかったんです」

服部さんは長男である。同居している両親のうち、父親は二年前に亡くなったが、七十二歳の母親はいまも元気で、長男一家との生活を楽しんでいる。

「母を一人にするわけにはいかないし、かといって七十歳を過ぎた母を、いまさら東京に住まわせるのもかわいそうですし……」

二〇〇一年十月、東京本社に異動。単身赴任はやはり必然の選択だった、という。

「親父が生きてれば、また違っていたと思いますけどね」と、少し寂しそうに笑う服部さんなのだった。

さて、〝単身赴任エクスプレス〟『ひかり二〇〇号』――ただいま、京都を定刻の六時十七分に発車して、名古屋に向かって快走中。

新聞をじっくりと時間をかけて読んだ服部さん、お茶を一口啜《すす》って、シートをリクライニングさせた。京都を過ぎたあたりで新聞を読み終え、あとは東京に着くまで一寝入りするのが、いつものパターンだという。

京都からの乗客が加わってシートは七割ほど埋まったが、車内は思いのほか静かだった。一人客が多く、その大半が眠っているためだろう。携帯電話の着信音も聞こえない。早朝の車内は、ビジネスの助走というより、我が家で過ごした週末の余韻を味わう場なのかもしれない。

自宅で過ごす休日は趣味の草野球も控えて

ところで、さっきから〝単身赴任エクスプレス〟という言葉を何度か使っているが、もちろんこれはシゲマツの造語（というほど大げさなものではありませんけど）。かつて遠距離恋愛の恋人向けに新幹線の最終便を〝シンデレラ・エクスプレス〟と名付けたＪＲだが、単身赴任者を対象にしたＰＲや割引制度は導入していない。

「これまでに検討したという話は聞いたことがありませんし、今後もその予定はありません。回数券などによるビジネス利用者向けの割引はありますが……」（ＪＲ東海本社広報室）

それに対し、航空業界は、早い時期から単身赴任者へのサービスを導入している。ＪＡＬ（日本航空）・ＡＮＡ（全日空）・ＪＡＳ（日本エアシステム・当時）の大手三社が一斉に単身赴任割引を設定したのは、一九八八年三月。すでに十四年の実績を持っているわけだ。

「一九八八年の時点では、土曜日と日曜日限定で、約二十五パーセント相当の割引率でしたが、一九九三年には適用の曜日を金〜月の四日間に拡大し、二〇〇〇年四月からは割引率も約三十七パーセント相当になっています」（ＪＡＳレベニューマネージメント

チーム）

ＪＡＬもＪＡＳとほぼ同様の経過をたどってサービスの向上を果たしているという。割引を受けるために航空券購入時や搭乗手続き時に提示しなければならないウィークエンドスマイルカードも、両社で共通利用できるようになっている。

一方、ＡＮＡには、現在は単身赴任者用と銘打たれたサービスはない。ただし、単身赴任割引が廃止された代わりに、一九九六年から『週末だんらんきっぷ』が設定されている。現在は『週末リピート』に改称されたこのサービス、四枚綴《つづ》りの回数券の形をとり、金〜月の四日間の利用で割引率が約三十七パーセント相当だから、ＪＡＳやＪＡＬの割引と変わらない。有効期限は発行日から七十日間だが、月に一度のペースで帰宅すれば充分に利用できる。

「曜日以外の利用条件がないということもあって、お客さまからは『使いやすい』という声を多くいただいております」（ＡＮＡ広報室）

また、飛行機の場合は『特割』『早割』など各種の割引をうまく利用すれば、単身赴任割引以上の低料金で帰宅することも可能だ。そう考えてみると、鉄道よりも飛行機のほうが、単身赴任に優しい交通機関だと言えるかもしれない。

……と、少々旗色の悪くなった〝単身赴任エクスプレス〟だが、列車の中を歩いてみると、とにかく皆さん、よく眠っている。その寝顔を見ていたら、週末の〝家族の時間〟から東京での〝一人の時間〟への切り替えには列車に揺られて眠る時間が必要なのかもしれないな、とも思えてくる。

名古屋到着、六時五十九分。停車中に『のぞみ四〇号』に抜かれて、七時五分発車。シートは九割以上埋まり、ノートパソコンを広げるひとも増えてきた。携帯電話の着メロに起こされ、あわててデッキに出ていくひとも。

少しずつ週末の余韻が薄れていくなか、服部さんはまだぐっすり寝入っている。東京までは、あと二時間弱。ぼくは再び取材ノートを広げた。そこには、二つ目のキーワード――〈なぜ〝帰る〟のか〉が、走り書きされている。

単身赴任にあたって、服部さんが最も心配したのが子どものこと、特にこの四月から中学校に入学した雄介くんのことだった。

「大阪の家では、男は息子だけですからね。これから難しい時期になるし、グレたらどうしようとか、いろいろ考えますすよ。嫁さんには申し訳ないんですけど、やっぱり『嫁さんより子ども』になりますね。東京にいるときは自宅に毎晩電話をして、子どもに順番に電話口に出てもらって声を聞くのが、一番の楽しみです。あとは、息子がパソコンを使えるので、メールのやり取りをしたり……」

東京に異動してからも、服部さんの仕事の担当は大阪府と兵庫県。月に二、三回は関西出張があるという。そのコストを考えると、本社に販売部を集中させた意味がよくわからなくなるのだが……服部さんにとっては、ありがたい話だった。

「木曜日の最終の新幹線で大阪に帰って、金曜日に仕事、土日は休みというパターンも多いですね。その点は恵まれてると思いますよ」

大阪時代は付き合いの酒で帰りが遅いことが多く、週末も草野球チームの試合などで家をしょっちゅう空けていた服部さん。単身赴任後、雄介くんにこう言われたのだとか――「いままでとちっとも変わらへん！」。

それでも、東京と大阪の距離は、いつも服部さんの胸の中にある。だからこそ、携帯電話の電源は二十四時間ＯＮにしているし、自宅で過ごす休日は付き合いでの外出を控え、子どもたちと一緒に遊ぶようになった。

「このまえは娘と二人で買い物に行ったんです。大阪にいた頃は、パパと二人で出かけるのなんて嫌がってたんですけどねえ」

嬉しそうな顔で言うのである。日曜日の自宅での取材で、ぼくが「雄介くんとキャッチボールをしてもらえませんか」とぶしつけなリクエストを出すと、「あいつ、恥ずかしがってやらないんじゃないかなあ」――口ではそう言いながらも、まんざらでもない様子で、雄介くんを誘うのである。

中学の野球部に入っている雄介くん、往年の名選手の父親の存在が重荷で、「お父さんと比べられるのは嫌だ！」と泣きながら訴えたこともあったという。だが、家の前の道路でキャッチボールをする雄介くんは、はにかみながらも楽しそうだった。息子のボールを受ける服部さんは、もっと楽しそうな顔をしていた。そんな夕暮れ時のキャッチボールを飽きずに眺めていると、日曜日の夜に帰京したくない、という服部さんの気持ちが、なんとなくわかるような気がした。

目覚めると彼らは〝働く男〟の顔になる

そして、いま、新横浜を通過した〝単身赴任エクスプレス〟の車内をあらためて見まわして、ぼくは思うのだ。

服部さんのように、年老いた親のことを思って単身赴任を選択した〝息子〟は、この車内にもきっと何人もいるだろう。また、服部さんのように、多感な時期を迎えた子どもたちのことを案じて、疲れた体にむち打って週末に帰宅した〝父親〟も、何人もいるはずだ。もちろん、単身赴任族の大半は、〝夫〟でもある。

さまざまな立場で、さまざまな責任を背負った男たちが、東京駅に近づくにつれて、一人また一人と目を覚まし、あくび交じりに伸びをして、〝働く男〟としての顔になっていく。

それは寂しいことかもしれない。せつない光景かもしれない。だが、寂しさやせつなさを呑《の》み込んだ男たちの頼もしさが、ここには、確かにある。

服部さんは、列車が有楽町を通過したあたりで目を覚ました。

「お疲れじゃないですか」とぼくが訊《き》くと、「だいじょうぶですよ」と、目をしょぼつかせて笑う。

たとえ体がどんなにキツくても、関西出張が多いことは幸せ――だからこそ、不安もある。

「仕事の担当が関西からはずされたら、家族を東京に呼び寄せるか、転職して大阪に戻るか……それは、いまはあまり深く考えないことにしてるんです」

窓の外に目をやって、ぽつりと言った。

八時五十六分、東京駅に到着。

服部さんは、よし、と弾みをつけるように席を立ち、列車から降りた。

人込みのなか、ホームを歩く後ろ姿は、背筋がピンと伸びていた。

そして、いま……

二〇〇三年一月、三菱自動車は、自動車部門とバス・トラック部門を分社化した。五月には服部さんの通うオフィスも、田町から品川へ移転。

もっとも、仕事や東京での日常生活はいままでとほとんど変わらない、と服部さんは言う。

「担当地域は、鳥取や島根などの山陰地方や京都が増えましたが、仕事の内容は一緒ですから。事務所の移転も山手線で一駅近くなったというだけですね」

ただし、〝単身赴任エクスプレス〟を利用する頻度は取材時から半減し、いまは月に一度ぐらいになってしまった。

「出張の回数じたいが減ったし、山陰や京都への出張だと大阪には寄れないんですよ。自宅に帰ることも月に一、二度になってしまいました」

ならば、いよいよ単身赴任解消へと動くのだろうか？

「いや、それはいまは考えてません。長男が来年高校受験ですし、高校を卒業するまではいまのままでやっていくと思います」

むしろ、そろそろ視野に入ってくるのは、二〇〇六年問題——。

「ウチの会社は、単身赴任手当が年々少しずつ減っていって、基本的に五年間しか支給されないんです。つまり、五年間の期間内に家族をとりまとめろ、ということなんでしょうね」

二〇〇六年十月で、服部さんの単身赴任は丸五年になる。それ以前に異動する可能性ももちろんあるのだが、もしもこのまま東京勤務がつづいていたら、二〇〇六年十月、長男の雄介くんは高校二年生、長女の知佳ちゃんは中学二年生、そして、母親は七十六歳になる。いまの時点でのシミュレーションは無意味でも、いかにも難しい決断を迫られそうではないか。

この難問を乗り切るためには、長期的なスパンでの家族とのコミュニケーションが欠かせない。それを思うと、この秋の東海道新幹線・品川駅開業は、かなりの追い風になる。

「オフィスが品川に移ったし、ダイヤも『のぞみ』中心でしょう？『ひかり』との料金格差もほとんどなくなるらしいので、大阪に帰る週末が増えるかもしれませんね」

〝単身赴任エクスプレス〟の果たす役割は、今後とも大きい。それは決して、服部さん一家だけの話ではないだろう。

だとすれば――。

割引キップの販売はもちろん、朝食セットを売ったり、全車両をサイレント・カーにしたり、各座席へのパソコン用電源の設置、コピーサービス、着替えなどの荷物の宅配サービス、週末に買い忘れたちょっとした日用品の販売、更衣室専用車両の導入、そして大穴っぽいけど、用済みになった週末の新聞各紙（たとえば日本経済新聞なんて、ダンナのいない留守宅では購読してないんじゃないかな？）の無料サービスなんて……シゲマツがＪＲの幹部だったら、本腰を入れて〝単身赴任エクスプレス〟をアピールするけどなあ……。

【第五話】

ここはさいはて稚内の巻

吉岡さんの単身赴任データ

吉岡征雄さん（58歳）

弁護士・彩北法律事務所
神奈川県横浜市▼▼▼北海道稚内市
二〇〇一年八月〜未定

赴任先の住まい◆
形　態◇　賃貸マンション
間取り◇　2DK
家　賃◇　月6万6000円
単身赴任手当◆　なし
帰宅費の支給◆　なし

依頼や相談の電話が連日鳴りつづけた

海辺の空港に降り立つと、肌寒さに身が縮んだ。邪魔になるかもしれないと思いつつ羽織っていた長袖《ながそで》のジャケットのボタンを、さっそく留めた。風が強い。鉛色の海は荒れて、沖のほうに白波が立っている。国道に掲げられた電光表示板によると、現在の気温は十三度――。

思わず「まいっちゃうな……」とつぶやきが漏れる。八月の半ばでこれ、である。今年の北海道は例年にない冷夏で、晴れた日がほとんどない、と出発前に聞いてはいたものの、寒々しさは予想以上だった。

「最高気温が二十度を超えたのは、七月の終わり頃に一日か二日あったっけかなあ、それくらいだね」

空港から市街地へ向かうタクシーの運転手さんは、間延びした声でそう言って、「今年の夏は、ほんと、寒いよぉ」と笑った。

車窓の左側はくすんだ色の草や灌木《かんぼく》に覆われた原野、右側は海――国境の、海だ。晴れた日なら、水平線にサハリンの島影がくっきり見えるのだという。

文字どおりの「さいはて」だ。ときおり時雨《しぐ》れる曇天の空を、「さいはての地にふさわしく」と表現すると、地元のひとに叱《しか》られてしまうだろうか。

北海道稚内市。言わずと知れた、日本最北端の街。人口四万三千三百三十四人のこの街で、そのひとは「センセイ」と呼ばれている。

たった一人の「センセイ」だ。「センセイ」自身、横浜の自宅に家族を残して、たった一人で稚内に移り住んだ。

日本最北端の単身赴任者——と、呼ばせていただきたい。

「センセイ」の職場は、市内の中心部にあった。上層階が住居、下層階がオフィスに分かれたマンションに、事務所と住まいの両方をかまえている。

『彩北法律事務所』——「サイホクを最北にひっかけたんです」と、応接用のテーブルで向き合った「センセイ」こと吉岡征雄さん（58歳）は笑う。

不当表示や誇大広告にはあたらない。吉岡さんは稚内市で唯一の弁護士。確かにここは、最北の法律事務所なのだ。

「弁護士ゼロワン地域っていうのがあるんですよ」

吉岡さんは、よく通る張りのある声で、地方裁判所の仕組みから説明してくれた。

地方裁判所は基本的に各都道府県に一つずつあるが、面積の広い北海道では特別に、札幌・函館・旭川・釧路の四地裁が設けられている。地裁の下には、地域ごとの支部が全国で二百三ある。たとえば旭川地裁が管轄する稚内市は、同時に、稚内市と宗谷郡と利尻郡、礼文郡、天塩《てしお》郡を受け持ち地域に含んだ稚内支部の中心でもあるのだ。

「ところが、当然ながら、弁護士は各支部に均等にいるわけではありません。弁護士がまったくいない地域もあるし、一人しかいない地域もある。それをまとめて弁護士ゼロワン地域と呼んでるんです」

要するに、弁護士過疎というわけだ。

日弁連の統計によると、二〇〇一年十月十六日現在で、弁護士ゼロの地域は全国で三十一ヵ所、弁護士一人の地域は三十三ヵ所――合計六十四ヵ所のゼロワンのうち、北海道が十一ヵ所を占めている。

「日弁連ではゼロワン地域解消を目指して、開業資金の援助や収入の保障という『ひまわり基金』をつくっています。その制度を利用して開業したひともいますが、僕はしがらみが生じるのが嫌なので、自分で開業費用を捻出《ねんしゅつ》しました。〝ヒモ付き〟になって束縛されたくなかったんです」

稚内支部も、長らく〝ゼロ地域〟だったのが、昨年八月に吉岡さんが事務所を開いたことで、〝ワン地域〟になった。稚内支部に弁護士が常駐するのは、じつに二十三年ぶりのことだという。もちろん、ゼロワンであることに違いはないが、それでも一歩前進――ましてや地元のひとびとにとっては、大きな大きな前進だった。いままではトラブルを弁護士に相談するには、月に一度の法律相談を利用するか、二百五十キロも離れた旭川市に出向くしかなかったのだから。

「この一年は、想像していた以上に忙しかったです。事務所にいると電話がひっきりなしに鳴る日がずっとつづきました。書類をつくろうとしても、途中で電話がかかってくるものだから、なかなか進まない。事務所にいると逆に仕事ができなくなる、というありさまだったし、外出していても留守番電話に毎日十数件のメッセージが録音されていたほどです」

開業当時は「給料を払えるかどうかわからないから」とスタッフを置かずに一人で事務所を切り盛りしていた吉岡さんだが、あまりの忙しさに現在は女性事務員を一人雇っている……と話すそばから、電話が鳴る。事務所の外の廊下には椅子《いす》を並べた相談の順番待ちのスペースも設けてあるし、こういう言い方は不謹慎かもしれないが、二十三年ぶりにできた法律事務所、なかなかの商売繁盛のようだ。

取材中に事務所を訪れた、市内で会社を経営する社長氏も、「センセイに来ていただいて、ほんとうに助かってるんです。センセイは街の恩人ですよ」と、感謝の言葉を惜しみなく繰り返していた。

だが——それでも、やはり「なぜ？」は残る。なぜ、稚内、なのか。還暦も見えてきた五十代後半に、なぜ、単身赴任なのか。

定年まで六年を残して第二の人生を選択

中央大学在学中に司法試験に合格した吉岡さんは、もともと弁護士だったわけではない。前職は検事。それも、東京地検公安部副部長や仙台高検次席検事などをへて、地方検察庁のトップである検事正まで務めてきた（ご本人はその解釈を嫌がるのだが）エリートである。しかし昨年六月、広島地検検事正の職を最後に、定年まで約六年を残して退官……。

「検事生活についてはなんの不満もありませんでしたよ。ただ、検事としての仕事はやりつくしたな、これ以上検事をつづけていてもつまらないな、と思ったんです。検事正になると管理職ですから、第一線の現場からは離れてしまうんです。検事正があまり現場に口出しをすると、嫌がられるんですよね。僕自身、若い頃は『うるさいなあ、ひとの仕事にケチをつけやがって』と思ってましたから。そんなふうに己をあまり出せないまま定年まで過ごすのもつらいでしょう？　じゃあ、まだ五十代半ばで元気のあるうちに新しいことをやってみようか、と」

第二の人生として選んだのは、弁護士。これは決して珍しい転身ではない。多少の揶《や》揄《ゆ》を込めた〝ヤメ検〟という言葉だってあるほどなのだから。

検事時代に実績を残した〝ヤメ検〟の最もオーソドックスな弁護士生活は、需要の多い都市部に事務所を開き、企業の顧問弁護士などをつとめるパターン。ゼロワン地域での開業とはまったく逆の発想だ。吉岡さん自身、自宅のある横浜での開業をいっさい考えなかったわけではない、という。

「でもねえ、それならもっと若いうちに役人を辞めておいてもよかったんですよ。せっかく役人として長年勤めた経験を生かせるのは、同業者の多い都会ではなく、ゼロワン地域のような気がするんです。それに、都会で開業すると、事務所の維持費や人件費がとんでもなくかかってしまうし、同業者の稼ぎぶりを横目で見てしまうと、どうしてもストレスがたまっちゃう。企業の顧問弁護士だって、ヒモ付きということですから。それなら、稚内でのんびり自分のペースで仕事をしたほうがいいでしょう？　幸い、娘二人も成人しているし、妻の理解も得られたし」

北海道という土地には、もともと浅からぬ縁があった。奥さんは札幌の出身だし、大学卒業後に司法修習を受けたのも札幌、函館や札幌の地検に勤務したのち、一九九七年四月から翌九八年六月まで、旭川地検の検事正を務めてきたのだ。

「旭川地検時代には、支部の仕事をチェックするために二ヵ月に一度は稚内に来ていたんです。だから土地勘があった。交通が不便なことも、旭川から稚内に向かう途中には、人間よりも牛の数のほうが多いような町がたくさんあることも覚悟していました。

妻を横浜に残してきたのも、都会からいきなりこんな田舎に引っ越してきたら、仕事を持っていない妻には精神的にキツいだろうな、と思ったからなんです」

笑いながら言った吉岡さんだが、「じつはね」と真顔に戻ってつづけた。

稚内以外にも、開業地として考えている町はいくつかあった。

網走市と、根室市――どちらの支部も、ゼロワンだ。

「でも、弁護士のいる町までの所要時間を考えると、網走が北見まで一時間ちょっと、根室が釧路まで二時間ちょっと……稚内は旭川まで四時間かかるんです。要するに、いちばん不便な場所。気候条件も、網走や根室より悪い。ゼロワンを解消するには最も不利な町なんです。そんな稚内で開業すれば、いい先例ができるじゃないですか。『稚内でもやれるのなら、自分も……』という気になるひとも出てくるかもしれない。ゼロワン地域問題に真面目に取り組んでいる弁護士さんは確かにいます。でも、そういうひとたちも『誰かが行かなければ』と言うだけで、『自分が行きます』と手を挙げるわけじゃないんですよね」

吉岡さんは苦笑いで話を締めくくった。だが、目は笑っていない。『ひまわり基金』をつかわなかったことも含めて、反骨の硬骨漢の横顔がちらりと覗《のぞ》く。

隣国ロシアとのトラブルも発生する

電話が、また鳴った。借金の取り立てをめぐるトラブルだった。どうも債権者が違法な取り立てをしているらしい。吉岡さん、すぐに債権者の業者に電話を入れて抗議をした。口調はあくまで冷静、しかし凛《りん》とした強さがある。

その静かな迫力に気《け》おされて、ぼくは書棚に目を逃がした。法律の世界にはまったく無知な読み物作家である。過疎地域の無医村問題は知っていても、弁護士にも同様な問題があるとは気づいていなかった。ゼロワン地域という言葉じたい、初耳だったのだ。不勉強を恥じ入りながら書棚に並ぶ本の背表紙を目で追っていると……分厚い専門書に交じって、『ロシア語が面白いほど身につく本』があった。

ここは国境の街なのだ、とあらためて思い知らされる。

そして、事務所を訪ねる前に車でまわった街の風景を、噛《か》みしめるように思いだす。ロシア語の看板がそこかしこにあった。道路標識の文字にもロシア語が並記されていた。ロシア人専用の免税店がある。港の桟橋には、よくこれで航海できたものだと驚くほどオンボロの漁船が停まっていた。最盛期に比べると入港する船の数は三分の一に減ったとはいえ、やはりこの街にとって、ロシアとの関係は無視できない存在感を持っている。ビジネスの面でも、それから、犯罪やトラブルの面でも……。

つい先日も、「代金は船に取りに来てくれ」とロシア人船員に言われた飲食店の女性従業員が、船内で暴行されたという噂《うわさ》を耳にした——と、タクシーの運転手さんから聞いた。

「でも、ロシアの船が入ってこなくなったら、つぶれる店、たくさんあるからねえ……」

運転手さんは、ぽつりと、そうつぶやいていたのだった。

電話を終えた吉岡さんに、国境の街の事情をうかがってみた。

「ロシアとのトラブルは、決して特に多いわけじゃないんですが、ないというわけでもありません。特に、契約問題でもめると、日本の法律を適用すればいいのかロシアの法律なのか、というあたりが難しいですよね。今後サハリンの油田開発が進めば、いっそう日本とロシアとの関係は密になります。その玄関口になる街に弁護士がいないというのはまずいだろう、というのも稚内を選んだ理由の一つなんです」

ロシア——吉岡さんは取材の最後にもう一度、その言葉を口にする。だが、それを聞くには、陽が暮れ落ちるのを待たなければならない。

ふだんは夕方五時半頃まで開けている事務所を早じまいしてもらって、写真撮影のために日本最北端の地・宗谷岬まで車で連れていっていただいた。荒涼とした海と原野に挟まれた国道を岬へと向かう道すがら、吉岡さんは饒舌《じょうぜつ》に話しつづけた。仕事についての。単身赴任生活について。

「報酬は、いちおう弁護士会の規定があるんですが、それはケース・バイ・ケースで分割にしたり、ある時払いにしたり、と対応しています。とりあえず現金の代わりにと、ホッケやカニやイカを貰《もら》うことも多いんですよ。一人暮らしだと食べきれないので冷凍庫に入れてありますが、正直、もう食べ飽きちゃったなあ」

「部屋は六畳二間に、八畳のダイニングキッチン。基本的に自炊です。お昼も家に帰って、麺《めん》類や炒飯《チャーハン》をつくったり……野菜も欠かしません。単身赴任の鉄則は本人と家族の健康ですから。このどちらかがダメになったら、もう単身赴任はつづけられませんよ」

「月に一週間から十日は稚内を離れて、札幌の妻の実家に行ったり、横浜に帰ったりしていています。稚内では仕事三昧《ざんまい》のぶん、たまには息抜きしないとね」

父親はシベリア抑留の経験を持ち……

宗谷岬での撮影で、ひとまず取材は終わった。市内まで送ってもらい、ホテルの前で降ろしてもらうつもりだったのだが――吉岡さん、「よかったら、これから温泉に行きませんか?」と、〝日本最北の温泉〟が謳《うた》い文句の稚内温泉に案内してくれた。

温泉を堪能したあとは、「美味《うま》い魚を食べさせる居酒屋があるんですよ」。番屋ふうのその居酒屋、なるほど確かに美味い。ホッキにツブ、ウニ、磯《いそ》の香りにあふれた刺身を夢中で味わっていると、サンマの塩焼きも出た。新サンマだ。さいはての街の夕餉《ゆうげ》の膳《ぜん》には、すでに秋が訪れている。

ビールのほろ酔いに助けを借りて、吉岡さんに訊《き》いてみた。

稚内に骨を埋めるおつもりですか？

それは、昼間、社長氏が冗談交じりの口調ではあっても「ぜひ」と話していた言葉でもあった。ぜひ稚内にずっといてもらいたい、稚内を第二のふるさとにしていただきたい……と。

吉岡さんは困惑顔でビールを啜《すす》り、「体のつづくかぎり稚内にいようとは思っていますけどね」と言った。「でも、いまは確かに常駐がベストだけど、極端なことを言えば携帯電話と留守番電話でたいがいの用事には対応できるわけですから、必ずしも常駐する必要はないいんじゃないか、という気もするんですよ……」

念を押すように、吉岡さん、さらにもう一言――「あくまでも、単身赴任なんですよ。仕事のために、ここに来てるんです」。

弁護士不在の街に現れた、待望の〝救世主〟――その役回りに誇りを持ち、街のひとびとが「センセイ」を頼りにしてくれることを意気に感じながらも、いつかは去らなければならない、という思いがある。しがらみに縛られないマイペースを身上としながらも、否応なしに生まれてくる〝情〟というしがらみを、いま、ほんのわずか、感じているのかもしれない。それは、ヒネた想像力ばかり鍛えてきた読み物作家の、意地悪なモノの見方だろうか？

「『僕が去ったあともすぐに別のひとが来る、という発想は捨ててください』と地元のひとにはいつも言ってます。後継者が欲しいのなら、地元もそれなりに受け容れる態勢などを考えないとね。だから、いつも言うんですよ、『僕のいる間に将来のことを考えておいてください』と……」

ビールをウーロンハイに切り替えた吉岡さん、気を取り直すように、「それでもねえ」と遠い目をして言った。

「不思議な縁なんですよね、稚内とは。もっと若いうちに検事を辞めていたらゼロワン地域なんて話題にもなっていなかったし、定年後に弁護士になったら、ゼロワン地域に行こうなんて思わなかったかもしれない」

そして――。

「じつは、ウチの親父は戦争中、満州国の検事だったんです。戦後シベリアに抑留されていたんですが、口には出さなかったものの、ロシアに対しては深い怒りや恨みがあったと思います」

父親は一九九七年に亡くなった。もしもまだ存命なら、息子がロシアとの玄関口の稚内で開業することに猛反対したはずだし、自分も稚内には来なかっただろう。吉岡さんはそう言って、つぶやくようにつづけた。

「ほんとうに、いろんな縁が巡りめぐって、この街に来てるんですよねえ……」

ぼくはうなずいて、サンマを箸《はし》でつつき、ワタを口に運ぶ。ほろ苦さが舌に広がったあとに、ほんのりとした甘みが残る。

「もう一軒、行きますか」

吉岡さんは、笑いながら言った。

そして、いま……

取材から一年たっても、あいかわらずクールな「センセイ」なのである。

「一つ歳を取ったぐらいで、あとはなにも変わりありませんね。市や警察から厄介なことを押しつけられたおかげで忙しくて閉口している……となれば、マスコミ的には面白いんでしょうけどね」

まったく、こっちの目論見《もくろみ》がすべて見透かされてしまっている。

「今後？　あと一年はこっちにいるでしょう。前回の取材でもそう言ったかな。要するに、横浜の自宅に帰ってなにかをやるというような計画があるわけでもないし、だからといって、稚内にずっといつづけるつもりもない、ということです。これはもう、赴任してきたときからずっと変わらないスタンスですから。なにか突発的な出来事でも起きないかぎり、スタンスは変わらないでしょうね」

と、いうことで、あります。

ちなみに、二〇〇二年八月の取材時には四万三千三百三十四人だった稚内市の人口は、二〇〇三年七月末日現在で、四万二千九百三十人。わずか一年たらずで四百人以上も減っている……。

「僕のいる間に将来のことを考えておいてください」——吉岡さんのその口癖は、一年たつごとに、重みと苦《にが》みを増していくのかもしれない。

日弁連の統計によると、二〇〇三年七月二十五日現在での弁護士ゼロ地域は、全国で二十。ワン地域は三十九。ゼロワン地域は、合計五十九——取材時のデータに比べると、五ヵ所で〝ゼロワン〟が解消されたわけだ。

それを単純に喜んでいいのか、あらためて憂慮すべきなのか。

都会の暮らしをただ享受するだけの読み物作家には、法曹界に物申す資格などありはしない。ただ、ロー・スクールで法曹人口を増やすのなら……〝ゼロワン〟は、やっぱり、なくなってほしいです。

【第六話】

男女三人「島」物語の巻

飯島さんの
単身赴任データ

飯島夕雁さん（38歳）
東京都青ヶ島村教育長
東京都府中市▼▼▼東京都青ヶ島村
二〇〇二年四月〜二〇〇四年九月（予定）

赴任先の住まい◆
形　態◇　村営住宅
間取り◇　2DK
家　賃◇　月2万円
単身赴任手当◆　なし
帰宅費の支給◆　なし

教育長の一般公募に百七十三名が応募した

パタパタという音が、潮風に乗って聞こえてきた。来たな、と思う間もなく、青空に黒い点が見えた。「あれですか？」と指差して訊《き》いたときには、すでに黒い点はヘリコプターの機体になって断崖《だんがい》絶壁を回り込み、ヘリポートの上空にさしかかっているのだった。

別れの挨拶《あいさつ》をしようとするぼくに、〝青ヶ島のデコボコ・コンビ〟のデコさんは、「まだわかりませんよ」と言った。「風が強くて、着陸できずに八丈島に引き返すこともありますから」

相棒のボコさんも「あれはつらいんですよねえ、ほんとに」と笑う。

そんなお二人に、教育長は一言——「一緒にヘリに乗って東京に帰りたいんじゃないんですかぁ？」。

垂直降下するヘリコプターのプロペラ音にも負けず、三人の笑い声がぼくの耳に流れ込む。最後まで——そう、取材の最初から最後まで、明るい笑い声ばかり聞いていたような気がする。

着陸したヘリから乗客が降りてくる。貨物の積み降ろしをすませると、ヘリはすぐにぼくたちを乗せて飛び立ってしまう。

台風シーズンの九月半ば、荒天で島に閉じこめられるのも覚悟して臨んだ取材だった。

幸い好天に恵まれて、取材は予定どおり一泊二日で終わったのだが……ここに来て急に名残惜しくなったぼくは、大海原をじっと見つめた。

太平洋である。黒潮である。教育長は、沖にイルカの群れが泳いでいるのを見たこともある、と言っていた。

東京から三百五十八・四キロ、ヘリコプターが往復する八丈島から七十一・四キロ（村勢要覧による）の、伊豆諸島最南端の島——青ヶ島。面積五・九八平方キロ、人口二百二人（二〇〇二年四月一日現在）の東京都青ヶ島村は、全国最小の行政体でもある。

その青ヶ島に、二〇〇二年四月に就任したばかりの教育長を訪ねる旅だった。

東京都府中市から単身赴任している、飯島夕雁《ゆかり》さん（38歳）。じつは、彼女は全国でもきわめて稀《まれ》な、一般公募によって選ばれた教育長なのだ。

青ヶ島村が教育長を一般公募したのは、二〇〇一年十一月のこと。飯島さんは、それをＮＨＫのニュースで知った。

テレビを観ながら、夫の則行さん（50歳）と「青ヶ島ってどこ？　九州だっけ？」

「教育長って、どんな仕事をするの?」と話していた飯島さんが、なぜ、縁もゆかりもないこの島にやって来たのか——。

飯島さんの前歴は多彩だ。市役所職員、編集者、福祉事務所のケースワーカー、民間病院の老人保健施設の相談室長……「現状に満足したくない。いつも高い目標を持っていたい」という思いから転職を繰り返した中で、教育長への応募に直接つながるのは、ケースワーカーと相談室長の経験だった。

「高齢者のカウンセリングをつづけるうちに、そのひとの現在の状況だけを切り取って考えるのでは限界があることがわかってきました。幼少期や児童期の体験、生い立ちなど、人生全般をとらえることが必要なんだ、と。そう考えていた矢先に、教育長の公募を知ったわけです」

教育長の仕事はまさに子どもたちに直接かかわるもので、しかも応募資格には教員経験は問わない、とある。さらに教育長の仕事を詳しく調べてみると、高齢者ケアにもきっとプラスになる、という手ごたえを得られた。

それで——応募した。

応募総数は、二十五歳から七十九歳まで、百七十三名に達した。そのうち教育関係の仕事の経験者は四十八名、行政関係の経験者は二十三名。定員わずかに一名の狭き門である。

だが、三次にわたる選考のすえに島が白羽の矢を立てたのは、飯島さんだった。村長のコメントによると、最終的な決め手は「新しいことに挑戦したいという情熱が伝わってきたし、村に馴染《なじ》めるのは、このひとしかいないと感じた」ということだったらしい。

二〇〇二年四月一日、着任。アートディレクターの職を持つ則行さんは東京に残り、一回り年下の妻を快く見送った。

「妻は後先を考えずに物事に没頭するひとで、その代わり百パーセント自分で責任を取っていこうという生き方なんです。私は、そんな妻の生き方を全面的に肯定しているんですよ」

東京で取材に応えてくれた則行さんは、気負いのない様子でそう言った。

飯島さんも、「私たちの関係は、距離や時間じゃないんだ、としか言いようがないんです。何ヵ月ぶりでも、自宅に帰ったら違和感なくすぐに元に戻れますから」と、さらりと言う。

そして、まるでこちらの紋切り型の質問を見透かしたみたいに、苦笑しながら——

「取材を受けるたびに『寂しくないですか?』と訊《き》かれますが、どうも、私は取材のひとが満足する答えを持っていないみたいなんです」。

そんな飯島さんの単身赴任生活は、まもなく半年を迎える。いま、彼女の胸には、

「寂しさ」の代わりに、なにが、詰まっているのだろう。

校内のトイレ掃除に教育長が出勤する

羽田発七時四十五分の飛行機で八丈島に飛び、そこからヘリコプターで二十分──九時四十五分に青ヶ島に到着したぼくを、飯島さんはヘリポートで出迎えてくれた。

府中市の自宅から持ってきた愛車レガシィで、まずは図書館の一角に設けられた教育委員会の事務所へ向かう。

教育委員会の職員は飯島さんを含めて二人しかいない。教育長といえども、座してかまえているわけにはいかない。体育館や図書館のトイレ掃除、村の寄り合いの企画や司会まで、よろず屋さん的に仕事が山積みの状態だという。それに加えて、車がまともにはすれ違えないほどの狭い道路を走りながら、飯島さん、「私たちは観光振興課みたいなものですから」と笑うのだ。

その言葉の意味は、教育委員会に着いてからわかった。「とりあえず、こういうものを用意しました」と飯島さんが手渡してくれた紙には『本日のスケジュール案』と書いてある。村役場で村長と助役を表敬訪問、学校見学、昼食、島内視察……。

「島を、もう、隅から隅まで見ていってください。ほんとうにいい島なんです。今日お目にかける皆さんも、ほんとうに魅力のあるひとばかりで、みんな記事の主役になりますよ」

飯島さんは張り切って言った。ここ数日、深夜まで残業をして仕事を片づけた。「ですから、今日は私がずっとガイドをしますから」と、大きな瞳《ひとみ》をクリクリッと動かして、笑う。

今回のヒロインは、主役の座を青ヶ島そのものに譲ったのである。

カルデラ式火山の八合目から上が海に突き出てかたちづくられた青ヶ島は、「還住《かんじゅう》の島」と呼ばれる。江戸時代の一七八五年に、火山が噴火をして、島民は全員八丈島に避難した。不便な避難生活を強いられながら、島のひとびとはひたすら帰島の日、「還住」の日を夢見て……それがかなえられたのは、五十年後だったという。

ふるさとへの思いが歴史に根付いた青ヶ島の未来を担う小中学生は、小学校十四人、中学校九人の、合計二十三人。教職員数は小中合わせて子どもたちより多い二十四人で、そのうち六人が単身赴任だという。

学校に入るとき、飯島さんは得意そうに言った。

「デコボコ・コンビのお二人とは、ぜひゆっくりお話をしてほしいんです。お二人とも単身赴任の一年先輩だし、とにかく面白くて、仲がいいんです」

デコボコ・コンビは、じつは島でそれぞれ一つきりの小学校と中学校の教頭先生なのである。

恰幅《かっぷく》のいいデコさんが、品川区の中学校から青ヶ島中学校に来た風見章さん（45歳）で、小柄なボコさんが、杉並区の小学校から青ヶ島小学校に赴任した三井知之さん（45歳）。

さらに、小中兼務の樋口秀司校長は、二〇〇二年四月に八丈島の自宅を空けて赴任してきたばかり。飯島さんを含めた〝島外者カルテット〟が、島の義務教育を支えているわけだ。

折しも学校では運動会の練習の最中、半パン姿であらわれたデコさん――風見さんは、音楽の先生ならではの張りのある声で言った。

「子どもたちの数が少ないぶん、どうしても競争意識を持ちづらくなってしまいます。学校の中でも外でもおとなたちに囲まれているのでシャイなところもあるんですが、素直な子どもたちばかりですよ」

「それに……」と、ボコさんこと三井さんが話を承《う》けてつづける。

「島には高校がないので、中学を卒業したらみんな外に出ていくんです。十五歳で別れるわけですから、家族や地域がほんとうに子どもたちを大切にしているんです」

島めぐりは、三井さんがワゴン車を運転してくれる、という。仕事で学校を抜けられない風見さんは「夕方、サウナでゆっくり会いましょう」と笑う。飯島さんが最初に

「私たち」と言ったのは、そういう意味だったのだ。

不便の多い生活で人間関係に摩擦が……

「最初はとんでもないところに来ちゃったと思いましたよ。東京の教師の間では『青ヶ島に異動になっちゃうぞ』とジョークのネタになっていたほどですから、ここは」(三井さん)

「私も、一月の最終選考で初めて青ヶ島に来たときは、断崖絶壁の岩の塊《かたまり》にしか見えませんでした。よく、こんなところにひとが暮らしているなあ、って」(飯島さん)

「この島には外食できるお店はないので、自炊です。商店も二軒きりで、前任者からの引き継ぎ事項には『二軒の商店をバランス良く利用するように』というのもありました」(風見さん)

二人の教頭は昨年四月に赴任した〝同期生〟である。風見さんは奥さんと中学三年生の長男、小学六年生の長女を我が家に残し、三井さんは奥さんと大学一年生の長男、中学三年生の長女を残しての単身赴任。ともにお子さんの受験や学校のことがあって、単身赴任という選択をしたのだという。

「前任の教頭二人も単身赴任だったんですが、あまり仲が良くなかったみたいで……。

島の生活はやっぱり都会に比べると不便も多いので、人間関係も一歩間違えるとギスギスしたものになるのかもしれません」（風見さん）

「この島は湿度がものすごく高いんです。梅雨時なんか雲の中にいるみたいで、あたり一面霧で真っ白になって、三メートル先も見えないんです。そんな日が一週間以上つづくと、気が滅入《めい》っちゃいますよ」（三井さん）

「台風もすごいですよね。雨に濡《ぬ》れてもいいように短パン姿でいたら、島のひとに『砂利が風で飛んでくるから危ない』と注意されてしまいました」（飯島さん）

一学期中に、青ヶ島は台風六号と七号の直撃を受けた。飯島さん、子どもたちの安全を考えて臨時休校を検討したのだが、島のひとに相談すると、「こんなそよ風で学校を休みにするなんて」と一笑に付された、という。

島と外の世界をつなぐのは、八丈島と一日一往復する乗客定員九名のヘリコプターと、同じく八丈島と結ぶ一日一往復の定期船だけ。それも、天候が悪ければ、すぐに欠航してしまう。

「ヘリも定期船も来ないときは、ほんとうに島に閉じこめられた感じがします。マイナス思考になると、どんどん落ち込む一方なんですね。だから、僕らは、『とにかく島の生活を明るく楽しもうよ』と話し合ってるんです」

風見さんの言葉に、三井さんも飯島さんも大きくうなずいた。

島めぐりでも、そのモットーは実践されていた。

島で唯一の港・三宝港は、コンクリートで固めた要塞《ようさい》さながらのたたずまいで、外海とじかにつながった、いわば剝《む》き出《だ》しの港である。複雑な海底の地形のために防波堤の工事ができないのだ。漁船は港に戻るとクレーンで陸上に運ばれる。そうしないと、荒波に船が叩《たた》きつけられてしまうのだという。

島の大部分は、屛風《びょうぶ》のような外輪山に囲まれたカルデラ盆地の密林で、真ん中にプリンのように盛り上がった内輪山・丸山がある。青ヶ島は世界的にも珍しい二重式火山の島なのだ。

近年ではパッションフルーツの栽培が進められているものの、土壌が火山灰土のため、農地はほとんどない。また、山の斜面につくられた貯水施設は、雨水を貯めるためのもの。川のないこの島では、雨水や霧も、おろそかにはできない……。

ネガティブに島を案内しようと思えば、簡単だろう。離島での単身赴任の苦労話も、その気にさえなれば、いくらでもつづけられるはずだ。

だが、三井さんも飯島さんも、あくまでも屈託なく、軽妙なおしゃべりで島を紹介してくれた。夕方、火山の地熱を利用した村営のサウナ風呂《ぶろ》で再会した風見さんも、「いい島だったでしょ？」とにこやかに笑うのだった。

小さな島での村長選。〝よそ者〟も一票を投じて

汗を流したあとは、サウナ風呂の二階の広間で、島の助役さんや村会議長さんも加わって、心づくしの宴が開かれた。地熱で蒸し上げた卵や干物、黒潮を地熱で乾かして採った『ひんぎゃの塩』などを肴《さかな》に、島特産のイモ焼　酎《じょうちゅう》『青酎』を酌《く》み交《か》わす……。

ほろ酔いを言い訳に、ぼくはほんの少し、意地悪なことを考える。

飯島さんたちは、人口二百人ほどの小さな島にとっては、紛れもなく〝よそ者〟である。それもまだ、新参の。

島を決して悪く言わないのは、そして取材の主役を島に譲ったのは、〝よそ者〟の気づかいなのかもしれない。

そう考えると、飯島さんが教育長に選ばれた理由の一つ「村に馴染めるのは、このひとしかいない」が、ずしりと胸に響いてくる。風見さんの話していた「二軒の店の片方に偏らないように」の一言も、ほんとうは笑えない笑い話だったのだ、と気づく。

昨年九月、島では十二年ぶりの村長選挙がおこなわれた。当時の有権者数は百六十三人。単身赴任者の一票は、きわめて重い。「あのときは参りましたよ、いずれ島を出る我々が、島の将来にかかわる投票をするわけですから」と言う風見さんと三井さん、悩

んだすえに白票を投じたのだという。

小さな島の〝よそ者〟は、決して気楽な立場ではないだろう。それでも、「明るく、楽しく」をモットーに、謙虚な気づかいを忘れずに、飯島さんたちは島の日々を過ごす。

宴半ばで、風見さんは中座した。これから島のひとたちの合唱サークルの指導があるのだという。

飯島さんは「島でのお父さん」と呼ぶ助役の菊池邦男さんに、「どうぞどうぞ」と『青酎』をお酌する。菊池さんも嬉《うれ》しそうに「自分の娘ができたようなものですよ」と笑う。

風見さんと三井さんの任期は、基本的に二年——あと半年で満了する。

飯島さんの任期も、二〇〇四年九月でひとまず終わる。

「二期目ですか？　それは、そのときになってみないとわからないんです。なにごとも行き当たりばったりの性格ですから」

肩をすくめる飯島さん、「まだ教育長としての仕事はわからないことだらけで、皆さんに教えてもらいながらやっている段階ですから」と付け加え、さらにもう一言、「でも、ほんとに、この島に来てよかったなあ……」。

飯島さんの胸を、いま満たしているもの——それは、内にこもった感情や理念ではなく、ただ単純に、島を吹き渡る潮風の心地よさなのかもしれない。

そして、その素直さこそが、〝よそ者〟として島に根付くために必要な強さなのかも、しれない。

——八丈島に向かうヘリコプターの出発時刻が迫った。

「あー、やっぱり飛んじゃうんだなあ」とデコさんが笑いながら言った。「今度はもっと天気の悪いときに来てくださいよ」とボコさんも笑う。

ぼくのバッグの中には、飯島さんが今朝摘んだばかりの明日葉《あしたば》が入っている。伊豆諸島の特産のこの野草、生命力がきわめて強いことで知られる。今日、葉を摘んでも、明日また生えてくるから、明日葉。

「天ぷらにすると美味《おい》しいし、植え替えたら、すぐに根付きますよ」

その言葉を胸に刻んで、僕はヘリの窓から、単身赴任トリオ——明日葉トリオに、手を振った。

ヘリが上昇する。あっという間に高度が上がる。デコさんとボコさんに挟まれて、飯島さんは両手を大きく、いつまでも振ってくれていた。

そして、いま……

まずは、飯島さんの近況から――。

島に来て一年、春夏秋冬をひとわたり経験した飯島さん、冬の低気圧がもたらす台風なみの強い西風にも驚いたが、なにより島の自然の厳しさを実感したのは梅雨の時分の霧の深さだったという。

「カビとの戦い、湿気との戦いをしなければならないし、高温多湿で視界不良ですから、気分が滅入ってしまいますよね」

とは言いながらも、「湿気のおかげで肌はしっとり、すべすべになりました。この島では乾燥肌になることはありえませんね」と笑うところが、やっぱり、飯島さんなのだ。

二〇〇三年の仕事始めは、一月二日。娯楽の少ない島のひとたちのために、正月にも島に残って図書館を開けたのだ。結果は予想どおり、多くのひとが本やビデオを借りに来てくれた、という。

「通常は役所の仕事始めに合わせるんですけど、民間魂が騒ぐんですよ。お金儲《もう》けをするかしないかの違いだけで、サービスをするというのは民間も役所も同じはずなんですから」

教育長の仕事も二年目。

島の暮らしにも慣れて、いよいよ〝飯島イズム〟を本格的に発揮する時期に入った。

「今年度は歴史と文化の保存に力を入れたいと思ってます。島のみんなは『たいしたことない』と思っている生活道具でも、昔ながらの伝統を物語る貴重なものだったりするので、島の中に残るそういうものをかき集めて、保存していくようにしたいですね。あと、島の言葉や伝統の郷土料理なども消えつつあるので、島言葉の紙芝居や、島言葉をつかったカルタ大会、お年寄りを先生にした郷土料理教室などを考えています」

島の外からやってきた飯島さんだからこそ、ここに生まれ育ったひとたちとは違う角度から、島の文化を見ることができる。

それは「我が家」を見るまなざしでも、同じだ。一度離れてみるからこそ、「我が家」や家族への愛着も増してくる。

去年はワンシーズンに一度の割合で夫の則行さんが島を訪ね、飯島さんも出張で〝本土〟に出かけるときは必ず自宅に戻った。

「島に帰るときの『行ってくるね』『うん、行っておいで』の掛け合いも、いまではスムーズになった気がします。前は寂しい目をして見送られていたので、なにか置いていくのは忍びない時もあったんですけど、いまは元気に見送ってくれますので」

おかしそうに笑って、さらにつづける。

「この単身赴任生活は、わたしたち夫婦にとって、いい経験になってます。なんの問題もなかったわたしたちでさえそうなんだから、夫婦関係でなにか修復したいことのあるひとには、ぜひ単身赴任をお勧めします。離れるほど、相手を大事に思うんです」

さて、では、その単身赴任生活を終えたひとは、どうだろう――。

新任の教育長を陰になり日向になって支えてくれたデコボコ・コンビ――風見さんと三井さんは、揃《そろ》って三月に異動した。飯島さんにとっては初めての〝見送る〟体験になる。

「子どもたちより先生のほうが大変でしたよ、目がうるうるしちゃって。風見先生なんて、泣いて泣いて……。でも、子どもたちもクールというんじゃなくて、お世話になった先生と別れてしまうことに慣れざるを得ないんです。どんなに好きになっても、三月には必ず先生を見送って、それで学年が上がっていくんですから……」

島を離れるひとがヘリコプターに乗るときには、ヘリポートに還住太鼓が持ち出され、垂れ幕が張られる。ヘリコプターのパイロットも特別に島を一周し、最後にもう一度ヘリポートの上を通ってから八丈島に向かう。これも、南の島の人情である。

「子どもたちが『また来てください』って言ってくれたんですよ。それが嬉しくてねえ。許されれば、もう一年いてもよかったかな、と東京に帰ってきたいまでも思っています」

感慨深そうに言うのは、デコさん――風見章さん。

「青ヶ島に行く前は、正直言って自分の人生を恨みましたけど、ほんとうにいい二年間でした。この歳になって〝第二の青春時代〟を送ったという感じですよ。島で撮った写真が、厚さ十センチぐらいの束になっているんですが、それを毎晩見てます」

だが、もちろん、思い出にひたってばかりはいられない。二〇〇三年四月からは杉並区立松ノ木中学校に勤務している風見さん、新任校での教頭として、また二年間のブランクをへた父親として、〝明日〟へ進まなければならない。

「妻と子どもたちは、よく二年間もがんばってくれました。感謝してます。父親のいなかった二年間で、子どもたちがずいぶんたくましくなったような気もするんです。これからは、家族を大事にしていきたいですね」

ボコさん――三井知之さんも、単身赴任によって家族のありがたさをあらためて実感した、という。

「一人で暮らしてみて、初めて家族というものを感じたというか、必要性を感じましたね。生活にかんしては一人でなんでもできるし、やれるはずなんです。でも、そういうことではなくて、ちょっと恥ずかしい話なんですが……やっぱり寂しかったですよ。それを思うと、青ヶ島で過ごした二年間はプラスになったと思います」

青ヶ島から八丈島をへて羽田空港に着いたとき、空港には家族が揃って出迎えに来てくれていた。二年間の単身赴任生活で、最初にして最後のことだった、と笑う。

「私のほうから『最後なんだから車で迎えに来て』と頼んだんですよ。家族揃って出迎えに来てくれました。風見さんのところは、奥さんが学校の先生で仕事があったので、お兄ちゃんが迎えに来てましたね」

それが——デコボコ・コンビの別れの日となった。

三井さんの新任校は、港区立三光小学校。杉並区と港区、決して遠くはないのだが、東京に帰って以来二人はまだ一度も会っていない、という。

その理由を風見さんが教えてくれた。

「三井先生とは、友だち関係とか同僚関係を超えた部分があるので、逆に気軽に会えないんですよ。新しい環境で自分なりに突っ張って生きているときに三井先生に会ってしまうと、ナヨってしまいそうで。たんなる友だちだったら、愚痴でもこぼそうか、と思えるんですけど……」

三井さんも、風見さんとの関係を「疑似家族でしたからね」と言う。

島での苦楽を共にして、誰よりも深いところで付き合ってきた二人——だからこそ、あえて東京では会わない、というのが、お二人のダンディズムなのかもしれない。

カッコいいなあ、と素直に思う。

うらやましいな、とも噛《か》みしめる。

愚痴をこぼしたくないほど大切な相棒なんて……そうざらには出会えない。

島暮らしの二年間の最大の収穫は、もしかしたら、〝友を超えた友〟と巡り会えたことなのかもしれない。

デコボコ・コンビ、めでたく解散！

そして、島に残った飯島さんは——。

「四月から島にいらっしゃった二人の教頭先生、どちらも島に来て目を点にしてますから。わたしが風見先生や三井先生に助けてもらったように、梅雨時の湿っぽさを元気に乗り越えてもらえるよう、今度はわたしがお手伝いをしなくちゃ、と思っています」

二代目の明日葉トリオは、さて、どんな思い出を胸に刻みながら島での日々を過ごすのだろうか……。

【第七話】

札チョン共和国定例国会の巻

佐々木さんの
単身赴任データ

佐々木隆一さん（51歳）

千代田物産・代表取締役社長
神奈川県川崎市▼▼▼北海道札幌市
二〇〇一年六月〜未定

赴任先の住まい◆
形　態◇　会社の借り上げ社宅
間取り◇　３ＬＤＫ
家　賃◇　月３万円
単身赴任手当◆　なし
帰宅費の支給◆　二ヵ月で三回分

住民税は年間六千円。亡命者には返還しない

宴会と呼んではいけない。

たとえビールで喉《のど》を潤していたからといっても、いくつもつないだ座卓に酒肴《しゅこう》の大皿が並んでいるからといっても、これは決してただの宴会ではない。

国会——なのである。

ちょっと緊張した面持ちで上座に座っているのは、初登院の国会議員の面々である。

その隣で閣僚たちを紹介しているのは大統領。十数人の国会議員が居並ぶ光景を前に、少々たじろぎ気味のシゲマツに「緊張しなくていいんですよ」と耳打ちするのは、大統領特別補佐官……。

ここは北の都・札幌。ススキノの中心地から少し離れたところにある居酒屋の座敷では、某共和国の定例国会が開かれているのである。

といっても、なんというか、その、キナ臭い国家ではない（あたりまえですね）。

『札チョン共和国』——という。

一昔前の単身赴任の代名詞とも言える〝札幌チョンガー〟を冠した国家、要するに単身赴任中の諸氏が集まったサークルを共和国とシャレこんでいるわけである。

もっとも、このシャレ、驚くほど年季が入っている。建国は一九八五年というから、すでに歴史は十五年を超え、大統領も現在の佐々木隆一さん（51歳）で、第十六代。一説には約九千人いるといわれる札幌の単身赴任者の世界を代表する〝大国〟である。

国家であるからには、当然、憲法もある。いくつか条文をご紹介しておこう。

〈第二条・理念　本国は、家族を残して単身、〝異郷　札幌圏〟に生活する人々が、家族的団らんと健康管理を享受して精神衛生を維持すると共に、会員相互の親睦《しんぼく》会《かい》、さらには素朴な異業種情報交流会の場とする〉

〈第三条・国会議員　本国の国会議員は諸官庁、企業、団体、学校等に勤務する者が、業務命令による転勤で、家庭の事情から止むなく札幌圏にて単身赴任生活をしている者とし、性別や肩書は一切問わない〉

〈第六条・納税義務　本国の住民税は年間六千円とし、前納とする。ただし、途中で亡命した場合は返還しない。その他、国家行事参加に関しては、その都度、参加者からは参加税を徴収するが、参加者以外から協賛費を徴収する場合もある。納税者を国会議員とする〉

〈第八条・国会議員喪失　本国の国会議員が単身赴任を終了して札幌圏を転出した時、あるいは相当期間、納税義務を怠った時とする〉

〈第九条・義援金等　本国に対する国会議員あるいは企業・諸国からの義援金は有り難

く頂戴《ちょうだい》し、官報に公示する〉

……真剣に遊んでいる。いや、「遊ぶ」という表現は失礼かもしれないと思ってしまうほど、本格的なのである。

さて、そんな約三十名の共和国を率いる大統領・佐々木さんとは、どういう人物なのか──。

じつは、佐々木さん、もう一つの肩書は、業務用食品卸会社・千代田物産の代表取締役社長。親会社の味の素からの出向という立場で、二〇〇一年六月に着任している。意外と〝出世〟は早いのである。

「共和国に入会したのは昨年七月で、大統領に就任したのは今年二月なんです。通常は、企業の異動の発令時期にあたる毎年六月が大統領交代のタイミングなんですが、先代の大統領が二月に異動ということになったので、急遽《きゅうきょ》、新大統領を決めなければならなくなったんです。べつに選挙などをするわけではないんですが、なんとなく私の知らないところでみんなで話が進んで、メンバーに諮《はか》って異存がなかったということで、大統領に決定したんです。お鉢がまわってきたという感じですよね……」

少々の困惑を残しつつ話してくれた佐々木さんだが、大統領就任後、大きな〝改革〟をなしとげた。従来は毎月第三木曜日に開かれていた定例国会を、第三水曜日に変更したのだ。

「東京で金曜日に会議のあるときには、皆さん、木曜日の夜に自宅に帰りますから、定例国会のときに札幌にいないことが多いんです。それで、水曜日に変更しました」

どこかの国の政治とは違って、こちらは抵抗勢力もなく、すんなりと大統領提案は受け容れられたという。

もちろん、国会というからには、たんに親睦を深めるだけでは終わらない。ぼくがお邪魔した十月の定例国会でも、新入会員の紹介が終わると、佐々木大統領は一枚の紙を全国会議員に配っていった。翌週の土曜日に開かれる『蕎麦《そば》打ち会』のスケジュール表だ。

『札チョン共和国』はイベントが質量ともに充実していることでも知られる。国家になぞらえれば、福利厚生が手篤《てあつ》いわけだ。

たとえば、この半年間のイベントは以下のとおり——。

五月十一日　藍染《あいぞ》め教室
五月十八日　『札チョン農場』開き（種まき）
六月八日　山登り＆スケッチ教室
七月六日　小樽にてガラス工芸教室
七月二十二日　大通り公園にて揃《そろ》いの浴衣《ゆかた》でビア・パーティー
八月三日・四日　ニセコにてラフティング＆焼き肉パーティー

九月七日・八日　大雪山麓《たいせつさんろく》でのマツタケ狩り
月に一度以上のペースでさまざまなイベント、いや国家行事が用意されているのだ。

そこにこそ『札チョン共和国』の一番の意義があるんだ――と、大統領は言う。

「単身赴任者にとって、土日をどう過ごすかということは大問題なんです。仕事は休みだし、呑《の》みに行くにしてもお店も休みのところが多いから、〝一人＝孤独〟ということを強制的に意識させられるわけですよ。でも、共和国に入っていれば、土日に行事に参加できますし、行事がないときでも親しいメンバーと連絡を取り合って呑んだりすることができますからね」

実際、十月の定例国会のときにメンバーにお願いしたアンケート「共和国の魅力は？」の回答を見ても、充実した国家行事を挙げているひとが多かった。

〈一人ではなかなかできない体験（藍染め、陶芸、ガラス工芸など）を通じ、趣味の選択肢が広がること〉〈地元のひとでもあまり体験できないような、北海道の行事を体験できること〉〈仕事のためのゴルフではなく、いろいろなことに挑戦できること〉

……。

逆に、「もし共和国に入っていなければ？」の問いには、こんな回答が並んだ。

〈土日は寝てばかりだったと思う〉〈ありあまる時間を持て余して、パチンコや競馬など安易な楽しみ方に走っていた〉〈一人、仕事のことばかり悩んでいた〉〈寂しさから不倫に走ったかもしれない〉……。

不倫の〝一歩手前〟を楽しんでいるひとも

と、「不倫」という言葉が出てきたところで、「札幌チョンガー」の歴史についておさらいしておこう。

チョンガーとは、もともと朝鮮半島の言葉に由来した、独身男子の意味なのだという。札幌チョンガーとは、つまり「札幌限定の独身男性」と解釈すればいいだろう。

それがサラリーマンの世界で知るひとぞ知る単語になったのは、一九六〇年代初期のこと。風俗や流行をいちはやく作品に採り入れてきた吉行淳之介の短編小説『札幌夫人』(単行本は集英社より一九六三年刊行)では、札幌に単身赴任が決まった主人公と同僚の間で、こんな会話が交わされている。

〈「(略)札チョンというわけだな」

「サッチョン?」

「そんな言葉があるようだ。精しいことは知らないが、札幌にいる間だけの独身者、札幌チョンガーつまり札チョンだね。なんでも、大切にされてひどくモテるそうだ。札幌夫人になりたがる女性も、うじゃうじゃいるそうだ」〉

作品中には、さらに詳しい定義もある。

〈どうやら、それは高級バーのホステスたちの間から生れた言葉とおもわれる。彼女たちが自分たちのパトロンとして登録してもよいと認定できる範囲の男性たち、ということは、妻子を置いて転勤してきた男性で、地位と金の伴ったオジサマということになる。つまり、支店長、部長級の男性たちである〉

現在ではさすがに、そこまでの階級意識はない。約四十年の年月で、大衆化、民主化が進んだとでも言おうか。だが、「札幌で単身赴任」の語感の側面には、いまも微妙なお色気の香りが漂っているのではないか？

アンケートでは無礼を承知で国家機密――不倫についての質問も放ってみた。

さて、集まった回答は――。

〈身近に不倫の例はない〉〈不倫二歩手前を楽しんでいます。女の子とデートはします〉〈不倫願望はあるが、できない〉〈単身赴任したらそういう関係のひとがあっさりできるのかな、と思っていましたが、いまのところまったくそんなことはありません。むしろ、肉体関係なしの長く付き合えるいい関係の女性が何人かできました〉〈単身赴任＝不倫のイメージは、つくられたものである〉〈『札チョン共和国』のメンバーには、不倫をしているひとはいないと思う〉……。

「自分の家には一度も住んだことがない」と

正直に打ち明ける。

最初は、それらの回答には建前も交じっているだろうと思っていた。だが、居酒屋の座敷で酒を酌《く》み交《か》わす面々を眺《なが》めていると、年齢・風貌《ふうぼう》にかかわらず、皆さん、どこか少年っぽいのだ。いかにもガキ大将然としたひともいれば、ちょっとシニカルなジョークをとばすひともいる。みんなの話をにこにこ微笑みながら聞いているひともいれば、次から次へと新しい話題を繰り出すひともいる。なんというか、〝元・男の子〟同士の付き合いが楽しくてしかたないみたいに、皆さん、よくしゃべり、よく笑い、よく食べて、よく呑むのである。

お色気の話がいっさいない、とは言うまい。ナイショ話をしておけば、翌週の『蕎麦打ち会』のスケジュール表には、〈参加者19名（含む、ススキノ応援団5名）〉とも書いてあったのだ。

だが、少なくとも、抜き差しならない深刻な事態に陥っているひとは、ここにはいないのではないか？

その証拠に、東京に本部のある『札チョン共和国OB会』は、会員約五十名。二ヵ月に一度の定例国会は夫婦での参加が原則だという。〝元・男の子〟は、多少ヤンチャでも、とにかく健全なのである。

ちなみに『札チョン共和国』には、夫用・妻用と分かれた、オリジナルの単身赴任十ヵ条がある。夫用のほうは〈「ネアカ」が一番。「ネアカ」にまさるカロリー食、栄養剤はない〉〈何事も百点満点を望むな。六十点で人並み、七十点で秀才だ〉などなど、心の支えとなるようなメッセージが中心なのだが、妻用のほうは、より具体的なメッセージになっている。

〈一、女房が明るいと亭主も明るくなる。逆も然《しか》り。明るい話・楽しい話題で亭主をヨイショしよう〉

〈二、自分達の都合で選択した二重生活だ。金、子供のことでグチグチ言うな。特に電話では！〉

〈三、食事、酒、家事などを細々《こまごま》言うのはやめよう。やる奴はやる、やらない奴はやらないのだ〉

〈四、「可愛い子には旅をさせろ」と言うではないか。過保護な妻になるな。夫の自立チャンスだ〉

〈五、衣替えの時期、年に二度は一人で夫を訪ねるべし。折角の別荘だ、二人きりで楽しもう〉

〈六、今は二度目の見合い期間、恋愛期間。単身赴任が終わったら、もう一度〝新婚〟しましょ〉

〈七、赴任三ヵ月間は毎朝でも電話を。この時期、彼の精神状態は不安定である。優しく励まそう〉

〈八、一人暮らしの父は娘の手紙に弱い。娘にせっせと手紙を書かせよう。いなければ貴女が〉

〈九、別居ではない。彼は出張中なのだ。ボスの部屋、居場所、グッズに勝手に手をつけるな〉

〈十、病気をするな。彼が一番気にしているのはそこだ。健康なら七十点、ネアカで三十点プラスだ！〉

いかがだろう。

単身赴任の夫たちの、体験に基づいたリクエストの数々、特に第七条から第九条までのくだりには、男ゴコロの微妙なひだが示されているではないか。

佐々木大統領も言っていた。

「私は、札幌に来る前に約四年間、名古屋で単身赴任をしているんです。自宅は神奈川県川崎市にあるんですが、それを買おうと決めた直後に名古屋に異動になったので、自分の家にまだ一度も住んだことがない。だから、家に帰るときは我が家でのんびり、ごろごろしたいんですが、なかなか居場所がなくて……先日も、帰宅したときにテレビを観ていたら、大学院に通う息子に『どこに座ってんの、そこは俺の席だよ』って言われちゃいました」

会社では社長、共和国では大統領、しかし我が家では……うーん、難しいところ、である。

だが、だからこそ共和国の結束は強まるのだ、と言おうか。

〝夫〟〝父親〟として生き、〝自分〟はあとまわしに

共和国の面々へのアンケートには、〈単身赴任のメリットは?〉という項目もあった。それに対する回答で圧倒的に多かったのは、〈自分の自由になる時間が増える〉だった。

前述した国家行事のスケジュールをもう一度見ていただきたい。

そして、あなた自身の休日の過ごし方を思いだしていただきたい。

この半年間で、仕事の延長線上でもなく、家族サービスでもない、一人の〝元・男の子〟として過ごした休日は、いったい何日あっただろうか……。

ぼくは国会の様子を取材しながら、同じ問いを自分自身にも向けたのだ。

そして、国会議員諸氏を見つめる目を、思わず伏せてしまったのだった。

皮肉なものではないか。家族と一つ屋根の下で暮らしていると、仕事以外の時間の大半は〝夫〟と〝父親〟に染めあげられてしまう。年老いた親を持つひとは、そこに〝息子〟も加わるだろう。

仕事と、家庭と、自分自身——三位一体で生きていければ、もちろんそれがいちばんいいことだろう。だが、現実は理想どおりには進まない。〝元・男の子〟の毎日はあまりにも忙しすぎるし、〝夫〟や〝父親〟としての責任をないがしろにはできないので、いつだって自分をあとまわしにしてしまう。

だから、国会も終盤近く、皆さんアルコールもいい具合にまわってご機嫌になった姿を眺めながら、ぼくは思うのだ。

ここは、まるで秘密基地みたいだな——と。

〝元・男の子〟たちが集まってつくった秘密基地『札チョン共和国』、みんなで探検していくのは、単身赴任の日々そのものなのかもしれない。そして、見つけた宝物を、札幌を離れるときに家族への手土産にするのだろう。

冬には、『札チョン共和国』最大の国家行事がある。札幌の冬の一大イベント・雪まつりに、毎年参加しているのだ。

雪像のモチーフは一貫して、共和国のシンボルでもある『男はつらいよ』の寅《とら》さん。

「男はつらいよ。だけど、それを言っちゃあ、おしまいよ」の精神である。旅暮らしでさまざまな出会いをする寅さん、しかし決して葛飾《かつしか》・柴又を忘れない寅さん、そういえば寅さんも、幾多の女性に好意を寄せられながらも恋愛は成就しないんだな……。

取材の最後に、大統領は言った。

「不況のせいで異動のサイクルが速くなったのか、メンバーの出入りが激しいんです。私が入会してからも、すでに三分の二が入れ替わってます。私などは、共和国の中では古株の部類なんですよ。平均年齢は、五十四、五歳というところでしょうか」

そんな共和国に、二〇〇二年秋、新世代が加わった。

「岡部くんという二十四、五歳の青年です。彼は独身なんですが、『どうしても共和国に入りたい！』と言うので、メンバーで協議のうえ、入会を認めたんです。独身者が入るのは共和国の歴史で初めてのことです」

ただし、と大統領は付け加える。

「彼は独身ですから、〝国会議員〟ではなくて、まだ〝国会議員心得〟なんです」

呵々大笑《かかたいしょう》とともに、定例国会は閉会。

酒豪で鳴らす大統領、高らかに〝会期延長〟を宣言した。

二次会――である。

そして、いま……

二〇〇三年四月、共和国には第十七代大統領が誕生した。佐々木大統領が、四月一日付で東京に戻ったためだ。

「千代田物産が三月をもって解散して、人材・組織は、新しく立ち上げた『北海道味の素』に吸収されることになりました。赴任した当初はそんな予定はなかったのですが、経済状況が状況ですから、結果的には、北海道における味の素の新しい拠点づくりの準備を進める役目を、われわれが果たしたことになりますね」

現在は、再び味の素からの出向という形でメルシャン首都圏支社の役員待遇・副支社長をつとめる佐々木さん、勤務先は東京・京橋なので、ようやく川崎市の自宅から通うことが可能になったのだ。

約七年ぶりの単身赴任解消——もっとも、佐々木さんと入れ替わる形で、同居していた次男が就職で家を出たため、いまは奥さんと二人暮らし。「言ってみれば野良犬から座敷犬に変わったようなものですな」と笑いながらも、「いまの時点ではなにをお話ししていいのか、戸惑っているところです」とも言う。

考えてみれば、奥さんと二人暮らしというのは、〝父親〟の立場抜きで、〝夫〟として奥さんと向き合うことである。新婚生活の再来と呼べばいいか、あるいは老いの日々のちょっと早めのスタートだと見なすべきなのか……単身赴任の日々が奪ってしまう最大のものは、〝子どもたちと一緒に暮らす日々〟なのかもしれない。

子どもたちの成長を間近に見ることは叶《かな》わなかった。

しかし、引き替えに、札幌の日々はかけがえのない仲間を佐々木さんに与えてくれた。

「札幌は第二の故郷ですよ。だから、いまでも気の向いたときには共和国のメンバーに電話をしたり、メールを打ったり……秋には北海道に遊びに行きたいし、冬にも行きたいです。雪まつりの雪像作りが懐かしいなあ……」

現在は中村正人（バンザイ札幌支店長）大統領のもと活動をつづけている札チョン共和国、集まり散じてひとは替われど、世に単身赴任あるかぎり、そして札幌が単身赴任の象徴的存在であるかぎり、共和国の歴史はつづいていくのだろう。

ぼくは一九六三年生まれである。いずれ世代交代が進んで、共和国の大統領に同世代のひとが就任するとき——なんともいえない感慨に包まれそうな気も、する。

【第八話】

やんちゃな鳶職人、南極へ行くの巻

福田さんの
単身赴任データ

福田謙治さん(25歳)
建設会社スギヤマ勤務
福岡県福岡市▼▼▼南極
二〇〇二年十一月〜二〇〇三年三月

赴任先の住まい◆
形　態◇　昭和基地近くの宿舎「夏宿」と、昭和基地内の「居住棟」
間取り◇　「夏宿」は三畳の四人部屋(二段ベッドがふたつ)か二畳の二人部屋(二段ベッドがひとつ)、「居住棟」は三畳の一人部屋
家　賃◇　なし
単身赴任手当◆　なし。極地手当が一日2000円

肩書が〝国家公務員・文部科学技官〟となって

テレビの画面が切り替わると、氷に閉ざされた大地が広がった。

日本時間、二〇〇三年二月一日、午後二時――日本から約一万四千キロ離れた彼の地では、午前八時を少し回ったところ。天気は快晴、気温は零下一・五度。意外と暖かいが、考えてみれば南半球はいま真夏なのだ。

失業率でも株価でも、「史上最低」だの「最悪」だのといった重苦しい記録更新のニュースばかり相次ぐニッポンが、ひさびさに屈託のない「世界初」「史上初」を味わうことができた。NIIKが、テレビ放送五十年に合わせて、世界で初めて南極にハイビジョン放送センターを開局したのである。

カメラは完成したばかりの放送センターを映し出す。センター建設の様子が収められたVTRも紹介された。主役は南極に派遣されたNHKのスタッフ――それは、まあ、そうだろう。

だが、放送技術はともかく建物の建設については、NHKのスタッフはやはり素人である。当然、指導役が必要になる。建設現場を知悉《ちしつ》した腕利きの職人たちが陰の主役をつとめてこそ、放送センター開設は実現したのだった。

「NHKのひとは、みんな真面目なんスよ。六月に南極観測隊の夏期訓練をやったんですが、資材の梱包《こんぽう》も丁寧《ていねい》すぎるほど丁寧にやっちゃうから、梱包を解くのに時間がかかっちゃって」

陰の主役の一人・鳶《とび》職人の福田謙治さんは、ハハッと笑う。

プロの余裕の笑顔である。

だが、その笑顔に、昔気質《かたぎ》のベテラン職人の面影はない。

なにしろ、年齢が二十五歳。

耳たぶにはリング状のピアスが塡《はま》った直径一センチほどのデカい穴も開いている。

ぼくがお目にかかった二〇〇二年十一月二十七日——南極へ出発する前日は、髪を丸刈りにしていたが、一ヵ月ほど前まではレゲエでおなじみのドレッドヘアー。

だぶだぶの服を着て、キャップを前後逆さにかぶって……なんというか、失礼ながら〝そこいらの兄《あん》ちゃん〟という感じなのだ。

とはいえ、身長百八十二センチ、体重六十二キロの引き締まった体は、いかにも身のこなしが俊敏そうで、かつ、しなやかな力強さも感じさせる。

やはり、プロ、なのだ。

南極行きにあたって文部科学技官という肩書を得た福田さんだが、もともとは福岡市にある建設会社スギヤマの社員である。高卒後に鳶として入社し、キャリアは七年。

「現場での仕事は、基本的に足場の組み立てです。役職は『職長』、ふつうの会社でいう管理職ですかね」

鳶の世界では、見習いから始まり、三年から五年程度の実務を経験後、各種作業主任者の資格を取得。そして、国家資格の「とび２級」技能士の検定に合格して初めて一人前として認められるのだという。

作業主任者の資格だけでも、「足場の組立て等作業主任者」「型わく支保工の組立て等作業主任者」「土止め支保工作業主任者」「地山の掘削作業主任者」「鉄骨の組立て等作業主任者」……さらに「とび２級」の試験は、鳶の実技に加えて関係法規の学科試験もある。福田さんは二〇〇二年、「とび２級」の試験に一発で合格した。「２級」取得後に数年間の実務経験が必要な「１級」を目指して仕事に励んでいる最中に、南極行きの話がもたらされたのだった。

「入社してから知ったことなんですけど、ウチの会社は、以前にも南極観測隊に鳶を送ってるんスよ。僕も先輩が南極に行ったときのビデオなんか観てて、『いいなぁ、俺も話があったら行きたいなぁ』って、ずっと憧《あこが》れてたんスよ。そうしたら、社長が珍しく現場に来て、『南極の話があるんだが、おまえ行ってみるか？』って。他にも何人か声をかけていたようなんですが、みんな嫌がってたらしくて……でも、こっちは好奇心バリバリなんで、『ぜひ行きたいです！』って、その場で答えました」

バリバリときたか、バリバリと……。

いかにもいまどきの若者らしいノリの軽さだが、もちろん現実は「好奇心バリバリ」だけではすまされない。

電話代が月に三十万円かかった隊員もいた

南極行きが内定したのは、二〇〇二年五月、ゴールデンウィーク明け。

その直後――五月二十七日に入籍。

そう、福田さんは新婚間もない奥さん・惠さん（29歳）を日本に残して南極へ向かうのだ。

「カミさんと付き合いだしたのは去年の三月で、四月頃にはカミさんのアパートで一緒に暮らしてたんスよ。趣味から性格までバリバリ合うんスけど、結婚は三十を超えたぐらいでいいかなと思ってました。こんなに早く結婚するとは思ってなかったけど……南極の話が決まったら、カミさんが『籍、入れようかあ』って言いだして、俺も『ああ、いいねえ』って……。やっぱり、南極に行くことがかなり影響してると思うんスよ。半年近く、一緒にいられなくなるわけだから」

思えば、南極観測隊は〝究極の単身赴任〟。一九五六（昭和三十一）年に第一次観測隊が日本を出発して以来、福田さんが参加する第四十四次観測隊まで、半世紀近くにわたる南極観測の歴史には、いささか俗っぽい伝説の類《たぐい》も数多い。その代表的なものが、「南極観測隊御用達」の謳《うた》い文句で販売されるダッチワイフだろう。「僕もそれは聞いたことありますけど、どうなんでしょうねえ、船に運び込んだ荷物の中にはなかったと思うけど……」と福田さんは首をひねるものの、ことの真偽はともかく、国内のように週末に一時帰宅などかなわない南極での単身赴任、妻帯者の隊員たちの寂しさは想像するに余りある。

ましてや福田さんは、新婚ホヤホヤ。出発前日の取材の際も、惠さんと二人で手をつないで現れたほどの仲睦《なかむつ》まじさだった。

寂しくないですか――？

問いに答えて、福田さんはさらりと言った。

「カミさんとは『これからずっと一緒にいるなかの、ほんの一瞬だよね』って話してます。僕は、ふつうの旅と同じだと思うんスよ。ふつうの旅でも、つらいつらいと思ってたら長く感じるけど、楽しい旅はあっという間に終わっちゃうじゃないスか。日本に帰ってきたときに、ほんの一瞬のことだったって思えるようになりたいっスよね」

同じ質問に対して、惠さんはうつむきかげんに「とにかくケガや病気をせずに帰ってきてくれれば……」と言うだけだった。どうやら、寂しさは、旅立つ側よりも見送る側のほうが、より深いようだ。

だからこそ、福田さん、少し早口になって言った。

「荷物は生活用品しか持っていかないつもりですけど、カミさんの写真は絶対に持っていきます。南極にいてもメールや電話は使えるんですが、通信費は自己負担でものすごく高いんです。新婚の隊員が奥さんと頻繁に電話で話していたら、電話代が月に三十万円もかかってしまったそうです。だから、僕らはメールだけでいこうか、と。でも毎日メールは送るつもりですけど」

お金の話が出たついでというわけではないが、観測隊員の収入はどうなっているのか。

前述したとおり、隊員は文部科学技官の肩書を持って南極へ向かう。国家公務員である。当然、兼業は認められないため、福田さんのように民間企業から参加している隊員は、いったんその企業を退職するという形になる。

公務員だから給料は安い。福田さんの場合は、基本給だけでも月に十万円以上も下がってしまう。差額の補塡《ほてん》もない。さらに、帰国後も前の職場に戻れるかどうかは会社と隊員との間の取り決めだけで、国として保証しているわけではないし、万が一会社が倒産していた場合も、国家公務員の資格は帰国と同時に手放さざるをえない。南緯五十五度を超えると極地手当がつくものの、その額、一日二千円……。

決して割のいい仕事ではない。福田さんも「国に頼まれて南極まで行くのに、給料の補塡もないなんて、おかしいっスよねえ」とぼやきながら、それでも、こう付け加える。

「帰国後は会社に戻れることになっていますが、たとえ会社をクビになるとしても、やっぱり南極に行ってると思います。行く価値があるから」

というわけで、十一月二十八日、意気揚々と日本を出発……とはいかなかった。

福岡空港での奥さんとの別れは、会社の同僚が壮行式を開いてくれたこともあって、二言三言と言葉を交わす程度の淡々としたものだった。照れくささが半分に、残り半分は、福田さん、数日前からひいた風邪が悪化して、どうも熱があるようなのだ。

おかげで家を出る間際になって、出入国カードがどこかにいってしまって大あわてして、カードは見つかったものの腕時計を忘れてしまった。「時間さえわかればいいんスから、安いので十分っスよ」と成田空港の売店で三千円ほどの腕時計を購入した福田さんなのだった。

ここで補足を。古くからの南極観測隊ファンの皆さん（けっこうたくさんいらっしゃると思いますよ）は、「あれ？」と首をかしげたかもしれない。南極観測隊といえば観測船の『宗谷』『ふじ』『しらせ』、隊員の旅立ちといえば岸壁で見送る家族とテープの両端を握り合って……が通り相場だったのだが、じつは前回の第四十三次観測隊から、派遣期間短縮などの理由で隊員は飛行機で出発し、先発していた『しらせ』にオーストラリアから乗り込んで、一路南極を目指すことになったのだ。

成田空港では「空港からの出発って、なんか味気ないっスよねえ。やっぱり晴海埠頭《はるみふとう》から船で出ていくほうがよかったっスよね」と言っていた福田さんだが、昭和基地に到着してから送ってきたメールによると船酔いにはかなり苦しんだ様子である。ちなみに、南氷洋の暴風雨の凄《すさ》まじさは「吠《ほ》える（南緯）四十度、狂う五十度、叫ぶ六十度」と言い習わされているのだとか……。

もちろん、船酔いでヘバっているわけにはいかない。福田さんが昭和基地からシゲマツ宛《あて》に送ってくれたメールをご紹介しておこう。

〈船から見た南極は感動だったけど、南極に渡って思ったのが、べつにたいしたことなかったっていうのが第一印象。ただの雪山って感じで、そこに廃墟《はいきょ》があるって感じで、シケた所だなって思いました！　マジに昔あった島流しって感じで、俺たち変な所に送り込まれたって感じでした。二日ぐらいで飽きました〉

いやはや……さすがに若いと、メールでもいいノリしてるなあ……。

だが、仕事のほうはシビアな状況だった。とにかく二月一日までにすべての工事を終えなければ放送ができない。時間との闘いに加えて、いかに腕利きの職人といえども、南極での鳶作業は生まれて初めて。出発前に「足場がガン（岩場）なので、ちょっと心配っスね」と案じていたとおり、工事はまず資材運搬用の道に砕石を敷き詰めるところから始まったという。

休みは元日のみ。バリバリ働きまくった

〈予定通りに仕事を始めて、さっそく建物の基礎の位置出しをして捨てコンを打ち、墨出しをおこないベース基礎まで完成したのですが、『しらせ』から資材が出てこなくて工事がストップしました。やっと資材が着いても、運搬用のクレーンは43次越冬隊が優先で使うため運搬に手こずり、十二月三十一日にやっと鉄骨を組み始めました。なので、朝八時から夜十二時までとか残業をおこなっています〉

〈仕事は思ってたとおりハードで、仕事して寝るだけって感じの生活です。仕事は楽しいです。何でかというと仕事が好きで早く働きたかったし、仕事をしに来てるから！船でも早く働きたくて体がうずいてたまりませんでした。仕事の内容的には日本で建てる建物より構造が簡単だけど、建設機器が少なくて手作業や人力が多くて苦労してます。だけど、いろんな分野の人たちと仕事やってて教えながらやってるけど、皆協力してくれるから助かってます。だけど、建設関係の人が三人しかいないので苦労はしてやってます。一月一日は休みですが、また寝る間もなく仕事ばかりの日々になりそうで

す。観光じゃなく仕事しに来てるので、年明けからバリバリ働きまくって頑張りたいと思います〉

巧みな文章ではない。

だが、いかがだろう。なんとも気持ちのいい文章ではないか。職業柄毎月三百通以上のメールを受け取るシゲマツだが、こんなに爽《さわ》やかなメールを読ませてもらったのは初めてだった。

福田さんには叱《しか》られてしまうかもしれないが、最初は「だいじょうぶかなあ、南極に行ってからキレちゃったりしたら大変だぞ」と思っていたのだ。

ごめんなさい。見直した。福田さんお得意の「バリバリ」が、グッと重みを持って胸に迫ってきた。

そして、日本で福田さんの帰りを待つ恵さんも――。

「毎日、お互いにメールを送っています。本人（福田さん）は『メールしかすることがない』と言ってますが、私には精神的に弱い部分もあるので、彼も心配してくれているんだと思います。そういうことも含めて、いまはメールが唯一のつながりなので、お互いできるかぎりの言葉で伝え合っています」

福田さんの留守中、恵さんは福田さんの実家で暮らしている。自宅に一人で残ることを思えば、寂しさはだいぶ紛れるだろうが、やはり夫の不在は心に大きな穴を穿《うが》ってしまったようだ。

「十二月に入ってすぐ、アルバイトを始めました。仕事をすることで、少しでも寂しさを埋めたくて……」

新婚間もない妻の思いは、福田さんもちゃんと感じ取っている。

出発前には「あと二、三回ぐらいは南極に行きたいっスね。設営作業は夏しかできないので夏隊での参加が中心なんですが、何度か参加すれば、最後にご褒美《ほうび》みたいな感じで越冬隊に入れてもらうのも『あり』みたいなんスよ」と笑っていた福田さんだが、昭和基地からのメールでは〈やっぱりあと二、三回は行きたいし、最後に行くときは越冬したいと思ってますが、俺もメグ（恵さん）のことが心配だし、メグにも心配させているから、しばらくは行かなくていいかな、って思ってます〉と、微妙にニュアンスが変わってきた。

その一方で、出発前の取材では福田さんが再び南極へ行くことは「もう絶対に嫌です」と言い張っていた恵さんは、いま、苦笑交じりに言う。

「彼自身はメールで『もういい』とか言ってますけど、南極行きの話がまた舞い込んできたら、性格上、進んで引き受けると思います。以前はほんとうに嫌でしたが、いまはもう反対しません。彼のやりたいことは好きにさせてあげたいと思ってます」

「お互いを求める気持ちが深くなった」と

福田さんが「バリバリ」頑張った甲斐《かい》あって、二〇〇三年二月一日、予定どおり放送センターは開局した。今後は随時、南極からのハイビジョン映像が日本へ送られてくることになる。

そこからの主役は、NHKのスタッフたちだ。建物が完成したら取り外される足場と同じように、福田さんは〝陰の主役〟のまま帰国の途につく。

惠さんは言う。

「離れたことによって気づいたものは、たくさんあります。お互いを求める気持ちが、一緒にいた頃より深くなりました。いままで言えなかったこともメールでなら伝えられるようになるなど、プラスになることもたくさんありました。そう思うと、夫婦として少し成長してるかな、という気もします。この単身赴任は二人にとって、かけがえのない経験になってます」

帰国予定は、三月二十八日。

真っ黒に日焼けした福田さん、惠さんと四ヵ月ぶりに再会して、さて、どんな笑顔を浮かべるのだろう。

「俺ら、いま、バリバリ幸せっスよお！」——なんて、はずんだ声でガッツポーズをつくったりしてね。


そして、いま……


〈ここ三日間ぐらい、毎日オーロラが見えます！　すごく神秘的です！〉

〈南極特有の静電気でパソコンがやられたみたいです！　観測隊の中でも五人くらいは壊れて、何人かは危ない人がたくさんいます！　やっぱり南極は何がおこるかわからないところってわかりました！〉

……と元気いっぱいのメールを南極から送ってきてくれた福田さんが帰国したのは、予定より一日遅れの三月二十九日。

恵さんとの再会の舞台は、残念ながら成田空港ではなかった。

ペットの犬がいるために博多を離れることができなかった恵さんのことを気にしながらも、福田さん、まっすぐ博多へは帰れなかった。住民票の移動手続きなどを東京ですませておかなければならないのだ。

　帰国日の三月二十九日は土曜日。その夜は苦楽を共にした観測隊員の一人の家に泊めてもらい、翌日は東京・府中市の知り合いの家に泊まって、月曜の朝に役所へ出かけて手続きをすませ、ようやく博多へ――。

「福岡空港では、メグや両親たちが迎えに来てくれました。べつに涙なんかはなかったですけど、犬がわーっと、ペロペロと顔をなめてきて、犬がいちばん興奮してましたね。家に帰ってからも一週間以上、犬にべたべたつきまとわれてました」

　帰国後は、とにかく忙しかった。

　まずは社宅への引っ越し。長旅の疲れをとる間もなく、四月三日と四日でばたばたと引っ越しをすませて、四月八日には早くも現場に出ていた。

「二週間ぐらいは休もうと思っていたんですが、結局ほとんど休まずに復帰してしまいました。いまは景気もよくないし、けっこう大変なんですよ。ほとんど毎日、一、二時間の残業があるし、南極に行っている間にちょっと腕が落ちた感じもあって、頭ではわかっていても、仕事の手順なんかでちょっとした細かいところが抜けることがあるんです。『ああ、そうだったそうだった』と思いだしながら、徐々に慣らしている感じなんで、大変といえば大変なんですよ」

　さらに、五月には大きなイベントがあった。

「結婚式ですよ。なんか、俺が南極に行ってる間に、メグがウチの両親にうまく丸め込まれた感じで、『結婚式を挙げることになったから』と南極にメールが来たんです。五月三日に挙げたんですが、まあ、やったらやったで、親孝行というか、やってよかったかな、とも思ってます。メグもウェディングドレスを着たいって言ってたんで、よかったんじゃないスか」

さらにさらに、六月一日には、またもや引っ越し——。

「社宅は犬が飼えなかったんですよ。それで引っ越ししなくちゃいけなくなったんです。帰国してから、引っ越しや家財道具の買い物、結婚式の段取りなんかで、ぜんぜん暇がなくて、メグと二人で旅行に行ったり遊びに行ったりなんて、できません。家でゆっくり過ごすことすらほとんどなくて、バタバタやってましたから」

惠さんとの再会や新生活の甘さを詳しく聞き出そうとしたこっちの目論見《もくろみ》は、あっさりとかわされてしまった。

若さゆえのクールさ？

それも、たぶん、少しはあるんだろうな。

南極の感想も、そっけないと言えばそっけない。

「行ってみれば、ただの島でしたよ。一生に一度行けたらよかったかな、とは思ってたけど、そんなに感動とかもなかったですから」

おいおい、ちょっと醒《さ》めすぎてないか？

いや、でも、そのツッパリも、若さの特権かもしれない。十年後や二十年後に同じく南極の感想を尋ねたら、福田さん、どんなふうに答えるだろう。それを楽しみにしつつ、若さのツッパリを失ってしまったシゲマツ、いまの福田さんに「よく南極でがんばったぞ！」と拍手を贈りたい。

たぶん、本人は、「べつにどうってことないっスよ」と笑うだけだろうけど。

【第九話】中国上海的獅子奮迅日本商社戦士の巻

堀さんの
単身赴任データ

堀 嘉剛さん（44歳）

丸紅信息技術（上海）有限公司・副総経理

東京都練馬区▼▼▼中国上海市

二〇〇二年八月〜二〇〇三年三月

赴任先の住まい◆

形　態◇　会社の借り上げマンション

間取り◇　１ＬＤＫ

家　賃◇　なし

単身赴任手当◆　月15万円

帰宅費の支給◆　なし

上海の在留邦人の数はこの一年で倍増した

街を一望する高層ビルの会議室は、凜《りん》とした緊張感に包まれていた。テーブルを挟んで二人の男が対峙《たいじ》する。交わす言葉は日本語——のはずなのだが、のんきで世間知らずな読み物作家の耳には馴染《なじ》みのない言葉が、双方から次々に繰り出される。

「インジェクションは？」「台湾系ですね」「保証金手帳と加工貿易登録手帳が必要ないというのは？」「これはですね、ＥＤＩ通関の場合です」「保税区で払った十七パーセントの増値税を輸出還付したい場合は」「いえ、保税区は増値税と関係ない」「来料加工は外資系でも許可が下りますか」「下ります」「来料加工のライセンスを持った企業が輸入して、保税区に出したら」「それは駄目です」……。

申し訳ない。言葉の意味、シゲマツにはほとんどなにもわからない。付け焼き刃で調べて、要領の悪い説明をここに書きつけておくのもやめておく。

ただ、問う側、答える側、ともににこりともせず対話をつづけていたことだけ、感じ取っていただきたい。

「商談なんかじゃありませんから」

あらかじめ、問う側――丸紅信息技術（上海）有限公司・副総経理の堀嘉剛さん（44歳）から、言われていた。

「今日は先方の説明を聞くだけですし、こちらは〝お客さん〟の立場ですから、気が楽ですよ」

そうでなければ、部外者が同席を許されるはずもないのだが……あまりにも不慣れなビジネスの現場に立ち会ったプレッシャーから逃げるように、ぼくは窓の外に目をやった。

運河が見える。ビルの群れも見える。その一方で、平屋建ての古い家が軒を接している一角もあるし、傾きかけた晩秋の陽に、古びた寺院だろうか、楼閣が照らされているのも見える。

ここは中国・蘇州《そしゆう》。古くは呉の都が置かれ、マルコ・ポーロをして「東洋のベニス」と言わしめた風光明媚《ふうこうめいび》な水の都に、国家レベルで開発されたハイテク産業開発区――蘇州新区。堀さんは、この地への日本企業の工場進出の可能性を探って、蘇州市人民政府の招商局を訪ねたのだった。

応対にあたる沈亮《チエンリアン》氏は、日本語がきわめて堪能で、かつパワーエリートならではの無表情な押しの強さを漂わせている。〝お客さん〟を前にしても、ヨイショ交じりの軽口などいっさいたたかない。堀さんも、もちろん、そんなものを求めてはいない。蘇州新区に工場をかまえた場合のメリット、デメリットを手際よく訊《き》いていく。

と——堀さん、蘇州新区のホームページに載っていた数字と沈氏の説明の数字との間に食い違いがあることを指摘した。だが、沈氏、いささかもあわてず「そうですね。ホームページの数字が違っていますね」と返し、悪びれた様子もなく話を先に進めていく。堀さんも「じゃあ訂正しておいたほうがいいですね」とクールに釘《くぎ》を刺して、次の質問へと移る。

笑わない。とにかく、笑わない。徹底して真剣勝負なのである。

第一線のビジネスマンから見れば当たり前かもしれないその光景が、口約束と「ごめんごめん、まあいいじゃん」だけで世の中を渡ってきた読み物作家には、まぶしくてしかたない。

そしてシゲマツ、両氏のやり取りを眺《なが》めながら、思わずつぶやいていた。

「これって、ほんとに島耕作の世界みたいだなぁ……」

人気コミック『取締役　島耕作』の主人公・島耕作は、ご存じのとおり二〇〇二年夏から上海に赴任している。ビジネスの最も熱い〝いま〟を切り取る同作が作品の舞台を上海に移したことからも察せられるとおり、現実のビジネスの世界でも日本から上海へ赴任するひとは急増している。一年前の資料では在留邦人は二万人ほどだったが、現在はすでに五万人に達している、という話もあるほどなのだ。ならば、当然、そのなかに

だった。

　というわけで、上海在住の単身赴任者の代表として、今回、堀さんにご登場願ったのは単身赴任者も……。

　夕刻――蘇州新区での仕事を終えて社用車のワゴンで上海に戻るとき、堀さんはぼくに言った。

「眠くても目を覚ましていてください。あと、後ろの席でもシートベルトを忘れずに」

　交通事故に遭《あ》ったとき、起きているのと眠り込んでいるのとでは〝被害〟の度合いが確実に違うのだという。

　万が一の事故を案じる、いささか心配性気味な気づかい――？

　いや、ひとたび車に乗ってみると、それが決して杞憂《きゆう》ではないことを思い知らされる。中国の車社会は、無法地帯さながらの荒っぽさなのだ。無茶な追い越し、割り込み、車線変更、歩行者の横断、車道の真ん中を走る自転車やバイク、急発進に急ブレーキ、上海の市街地に入ってからは、クラクション、クラクション、クラクション……。

　かつて、高度経済成長期のマンガでは、都心の渋滞の様子を描くときにクラクションの音は欠かせなかった。いまの東京ではクラクションの音を聞くことはめったにないが、ここ上海には、当時の日本と同じような喧噪《けんそう》がある。あちこちの交差点で鳴り響くクラクションの音は、すっかりおとなしくなってしまった日本から来たぼくの耳には、まるで躍進・中国の進軍ラッパのように聞こえるのだ。

「実際、中国はほんとうに変わりましたよ。特に上海には、昔の面影はありませんね。便利になった代わりに、上海らしさのようなものがどんどんなくなっています。それがいいことなのか、どうか……」

堀さんは感慨深そうに、そして多少の寂しさもにじませながら言う。

住居の家賃は上海人の平均月収の約十倍

丸紅信息技術（上海）有限公司という社名からもおわかりのとおり、堀さんの会社は、日本の大手総合商社・丸紅の電子材料部が八十パーセント、丸紅上海会社が二十パーセント出資した日中合弁企業。堀さんは、一九八三〜八五年に丸紅の海外研修生として北京と青島に駐在したのを皮切りに、通算十年におよぶ上海駐在（一九八六〜九〇年）と北京駐在（一九九五〜二〇〇一年）を経験してきた。まさに中国のエキスパートなのだ。

「前回の上海赴任は、ちょうど天安門事件のときでした。二月に結婚をして、四月の終わりに妻が上海に来たのですが、六月には天安門事件で妻だけ帰国を余儀なくされて……。それが最初の単身赴任になるのかな」

現在は、奥さんと小学生の息子さん二人を東京都練馬区の自宅マンションに残しての単身赴任。といっても、期間は決して長くはない。そもそも会社の設立が二〇〇二年七月で、堀さんもそれに合わせて八月に上海に赴任したばかりだ。二〇〇三年三月には家族も東京から上海に引っ越してくるので、単身赴任生活は半年余りの予定である。

現在の住まいは、上海の旧市街にあるホテル式高層マンション。「高級マンションというわけじゃないですよ」とご本人は言うものの、広さ八十平米を超える1LDK、常駐のガードマンとカードキーで万全のセキュリティーを確保し、ベッドメイキングから掃除、希望すれば料理まですべてメイド任せにできるサービスが付帯して、家賃は月に千八百ドルだという。

ちなみに、島耕作が住んでいる(ことになっている)『東櫻花苑』は、マンション内にコンビニやスポーツクラブを備え、日本語が〝公用語〟だという安心感込みで、九十八平米の2LDKの家賃が月に二千八百ドルである。さらにちなみに、上海で働く中国人の平均月収は約千四百元——百八十ドルそこそこ。

「でも、いまはほんとうに仮住まいの気分です。家具も食器も備え付けのものだし、自炊もしていないし、ふだんはテレビのあるベッドルームでほとんど過ごしてますから、リビングのソファーに座るのもひさしぶりなんですよ」

その言葉どおり、堀さんの暮らす室内はあくまでもシンプル——ちょっと殺風景。

〝生活〟というより〝休息〟の場だと割り切っているのだろう。

「完全に仕事から解放される休日は、月に一日か二日ですね。休みの日も家にはあまりいたくないんです。子どもの顔を思いだしたりして、逆につらいんですよね。『日本にいたら、今日は息子たちと遊びに出かけただろうか』なんて考えちゃうんですよ」

蘇州新区での仕事の顔とは違った、父親の顔をちらりと覗《のぞ》かせる。

「自宅との連絡は電話です。週に最低でも一度は、こっちから電話を入れます。子どもの声が聞きたくなったら電話をかける、という感じですね。奈良県にある実家の母親に電話をかけることもあるんですが、このまえは『神経痛が痛くて……』と言われてしまいました。ああ、もう母親もそういう歳なんだなぁ、と実感しました」

今度は息子としての顔が覗く。

第一印象ではエリート・ビジネスマンのお手本のようなクールさを漂わせる堀さんだが、家族を語るときはとたんに表情が豊かになる。

そんなプライベートの顔に甘えさせてもらって、日曜日──「いちばんの楽しみです」という街歩きにお供した。

マンションの近くにある市場をひやかし、屋台で売っている一個〇・五元（日本円で七円ほど）の饅頭《マントウ》を頰張《ほおば》って、骨董街《こっとうがい》へ──。

由来の怪しげな骨董品に交じって、毛沢東グッズや文化大革命時代の四人組を讃《たた》える置物が、どの店にも無造作に並んでいる。路地の両側に建ち並ぶ古い家の窓からは洗濯物がブドウの房のように吊《つ》るされ、路上のあちこちには賭《か》けトランプに興じるグループが陣取り、歩行者を蹴散《けち》らすように路地に入ってきた車やバイクは、ひたすらクラクション、クラクション、クラクション……。

「このあたりも、あと数年もしないうちに超高層ビルに変わりますよ。中国の、特に上海のひとたちは、自分の生まれ育った町や古い物に対する執着がほとんどないんです。だから、街並みはほんとうにあっという間に変わってしまいます」

とにかく中国で仕事をしたいと考えて……

堀さん自身、今回の上海行きは、大きな転機だった。

現在の会社が設立される以前、堀さんはプラントの部門にいた。一九九〇年代初頭には円借款を使った化学プラントを受注し、九〇年代終わりには成都市の上水（水道）BOT事業を手掛け、二〇〇一年に完成したのを見届けてから、プラント部門を離れたのだ。

「一言で言えば、プラントの案件が激減したわけです。ピークだった一九九二年から一九九三年にかけては、化学プラントだけで中国から一千億円受注したんですが、その後は年間百億～二百億円程度の受注になりました。農業生産力向上のための化学肥料工場建設などのインフラが、数年前に一段落し、また自国のプラント建設能力が向上したわけです」

堀さんは決断を迫られた。このままプラント部門に残って、中国以外の国でビジネスを展開するか、あるいは中国で別の分野に挑戦するか。

「自分の根底にあるのがプラントなのか中国なのか、ということでしたが、やっぱり僕にとってのファースト・プライオリティー（最優先事項）は、中国なんです。とにかく中国で仕事をつづけるにはどうすればいいかを考えて、電子部品販売と加工の拠点を立ち上げるという話があったときに手を挙げたんです。まったく畑違いの分野ですから、社内転職のようなものでしたが、迷いはありませんでしたね」

丸紅信息技術（上海）有限公司の主要商品は、現在はブラウン管用のガラスバルブ。しかし、ブラウン管もまた、やがては液晶やプラズマディスプレイに取って替わられる運命にある。それを見越して、同社でも液晶ディスプレイ用部材などへシフトしつつあるところだが、時代の流れとともに中国の現地企業が技術力を持ってくれば、また新たな展開を探らなければならない。

現在は日本からの駐在員四名、シンガポールからの駐在員一名、現地採用のローカル・スタッフ十五名の布陣でビジネスをつづける丸紅信息技術（上海）有限公司も、近いうちに営業マンを数名現地採用する予定だという。

「電子部品の世界は、技術の進歩との追いかけっこですよ。プラントのように十年近いスパンでは考えられない。せいぜい二、三年……商品によっては一年のスパンで切り替わっていきますから。設備投資は小さく、投資期間は短く、というのが鉄則です」

技術革新や中国経済の急速な変貌《へんぼう》とのデッドヒートがつづく。ひとときたりとも気が抜けない。それでも——いや、だからこそ、中国を舞台に仕事をすることが堀さんのファースト・プライオリティーなのだ。

「まあ、ずっと中国でやってきましたから、いまさら日本に帰っても……というのもあるんですよ。幸い、妻や子どもたちも中国をすっかり気に入っていますし」

堀さん自身はそこまでしか語らなかったが、本音はむしろ、日本から海外研修で同社に来ている二十代の部下が漏らした、こんな一言に凝縮されているのかもしれない。

——「いまの日本では前に進むビジネスはあまりできないでしょう。でも、上海だと、それができるんですよ」。

前に進みつづける。

中国という国も、上海という都市も、そして、そこで働く日本人ビジネスマンも。

暇があれば〝単語帳〟で中国語を覚える日々

　骨董街の散歩を終えた堀さんは、予約を入れておいた市内でも人気のマッサージ店に向かった。お酒は付き合いだけという堀さんにとって、長いときには三時間以上もかけるというマッサージは、なによりの気分転換なのだ。

「ふだんの休日は適当な店にぶらりと入って夕食をとって、あとは部屋で仕事をしたり、中国語の勉強をしたり、ですね」

　そう言って見せてくれた手帳には、ローカル・スタッフとの会話で知った新しい単語や言い回しがぎっしり書き込まれていた。暇があれば手帳を開いて覚えているのだという。

「僕の語彙《ごい》はビジネス用語に偏ってるんです。会社生活が終わってからも、なんらかの形で中国との関わり合いはあるはずですから、そのためにも言葉の水準を上げておきたくて」

　現実の世界での島耕作は、ラブロマンスとは無縁に（そうですよね？　堀さん）、地道なスキルアップに努めているのだった。

　その単身赴任生活も、二〇〇三年三月には終わる。家族が上海に来ると、丸紅と大和ハウスが共同で開発した一戸建ての住宅地に引っ越しの予定だ。

「ただ、三年後には長男が高校受験なので、いまの上海の教育状況のままなら、日本に帰らせようと思っています。といっても、三年後の上海はどうなっているのか、予想はつきません。ほんとうに急激に変化しつづけていますから、この街は……」

マッサージで英気を養った堀さんは、マンションに戻って手早く服を着替えると、日本から来た取引先との会食に向かった。

「それでは、気をつけて」と別れの挨拶《あいさつ》を終えて歩きだす顔は、もう仕事の厳しさを取り戻していた。

堀さんと別れたぼくは、観光客の定番スポット・外灘《バンド》へ向かう。

一九二〇〜三〇年代の租界時代に建てられた欧米様式の石造りのビルが建ち並ぶバンドから、黄浦江の対岸の浦東地区を望むと、こちらは球を串刺《くしざ》しにしたような東方《オリエンタル・》明珠塔《パール・タワー》をはじめとする近未来的な超高層ビルやタワーが、強烈なビーム灯でライトアップされている。川を挟んで二十世紀と二十一世紀が向き合う光景は、まさにいまの上海を象徴している。

浦東国際空港と市街地を結ぶリニアモーターカーの工事が急ピッチで進められる一方で、いまなお昔ながらの渡し船も残る街。塀で囲まれた古い建物が身を寄せる背景には、超高層ビルがそびえ立つ街。欧米の要人を乗せたメルセデスやキャデラックが、赤信号などおかまいなしの自転車の群れに行く手をはばまれる街……。まるで成長期の少年のようなアンバランスさは、数年後には消えてしまうのだろうか。

世界で最もエネルギッシュな街と呼ばれる一方で、「上海のバブルは終わった」という声も取材中に何度も聞いた。機を見るに敏な台湾系の企業は、香港から上海へ、そしていま上海から蘇州や無錫《むしゃく》へと移っているのだとか。

この街は、これからどう変わっていくのだろう。そして、この街で単身赴任をする日本人ビジネスマンは、その変化にどう対応していくのだろう。

バンドの黄浦公園の遊歩道から、ホテルに戻る。かつて「アジア経済の盟主」を自任していた国から来た読み物作家の背中は、大通りを疾走する車のクラクションに小突かれどおしだった。

そして、いま……

取材の時にお話をうかがったとおり、二〇〇三年三月、奥さんと子どもたちが上海にやってきて、堀さんの単身赴任生活は終わった。

「この冬は特に寒さが厳しくて、単身赴任生活のつらさが身に染みていました。寝るだけのマンションは、部屋も最後まで無機質なままでしたし……」

いまは子どもたちの通う日本人学校にも近い一戸建てで、家族の笑い声に包まれながら日々を過ごす堀さんなのだが——上海といえば、やはりＳＡＲＳ《サーズ》禍《か》について尋ねないわけにはいかない。

常に冷静沈着な堀さんらしく、東京でニュースを観ただけで大騒ぎのシゲマツより遥《はる》かに落ち着いて事態に対処したようだ。

「ただ、仕事に支障が出なかったといえば嘘《うそ》になります。上海から地方へ出ていけないので、営業活動が思うようにできない。また日本からの出張も制限されていた時期には、必要に応じて、週に一、二度はテレビ会議をおこないました。テレビ会議のある日には、車で二十分ほど走って、システムのある丸紅上海支店まで出向かなければならないので、よけいな仕事は増えました。ＳＡＲＳの現状、上海政府の通達、他社の態勢などの情報収集も必要で、これにもかなりの時間をとられました」

社内的には、香港や台湾を含むＳＡＲＳ汚染地域の駐在員には一律十万円の〝ＳＡＲＳ手当〟が支給されたのだが……。

「それより個人的に嬉《うれ》しかったのは、宴会の数が減ったことかな。私たちは自粛しているわけではないのですが、やはり日本から来たお客さんのほうが宴会を遠慮されることが増えたんです。おかげで、少し体が楽になりました」

宴会といえば……と、堀さん、こんな笑い話も教えてくれた。

「四月末の中国のお客さんとの宴席で、同席していた日本からのお客さんが、下戸にもかかわらず呑《の》まされて、急性アルコール中毒で病院に運ばれたんですよ。治療をする間、夜七時半から深夜一時頃まで、私も病院で付き添いました」

四月末――SARS禍の最も激しかった時期である。

「帰宅すると、玄関先ですべての服を脱ぐように家内に命じられました。すっぽんぽん、ですよ。子どもへの頬《ほお》ずりも一日禁止でした」

だが、そんな笑い話が生まれるのも、家族と一緒だからこそ。このエピソード、ぼくはノロケ話として聞かせていただいた。

さて、SARS禍にもかかわらず、中国の躍進はあいかわらずつづいている。しかも、さらに加速しつつ。

「電子材料は全社的にも重点分野となっていますし、地域的にも重点地区である中国にいる。いわば座標の縦軸と横軸とが重なったところにいるわけなので、全社的にも注目されています。ホットな場所で働いていることを感じる日々です」

だからこそ、競争だって激しい。

「台湾大手も投資を増やしており、当初考えていたよりもスピードは確実にアップしています。悠長にやっていては勝ち残れない、ということで、我が社でも体制を拡大し、従業員も一気に増やしました」

中国人スタッフは二十人になり、四月からは駐在員も二人増えた。しかし、業種を問わず各国の企業の進出は加速していて、優秀な現地スタッフの確保が難しくなってきている。十年前は〝外資系〟というだけで優秀な人材が集まっていたが、いまは、待遇面や会社の知名度だけではなく、福利厚生や会社の将来性などをシビアに見て選んでくる。市場のシェア争いに加えて、人材確保の面でも激しい競争を繰り広げている。

その最前線で陣頭指揮をとる堀さん——体の疲れはマッサージで、そして心の疲れは家族との団欒《だんらん》で癒す日々が、これからもつづきそうである。

いま日本人が上海で生活するということ

堀さんの取材を進めていくにつれて、「上海で暮らす」とは、「上海で働く」とは、どういうことなのだろう——という思いが沸々《ふつふつ》と湧《わ》いてきた。

好奇心と呼んでしまうと、現地で働くひとびとに対して無礼になるかもしれない。だが、閉塞《へいそく》しきった日本から一歩も出ずに日銭稼ぎに追われている読み物作家の目には、急成長をつづける上海の街は、その混沌《こんとん》さえもがたまらなく魅力的に映る。

ぼくは高度経済成長期に生まれた世代である。社会全体の〝全力疾走で前へ進む〟風が、幼少期の記憶に刷り込まれている。その風が、ここにはありそうな気がする。

堀さんの取材と並行して、上海に駐在している三人の日本人ビジネスマンにお話をうかがうことにした。三氏ともに単身赴任なのだが……せっかくの寄り道である、予習気分でもうちょっと、二筋、三筋と話を広げさせていただきたい。

まずは、大手信託銀行の駐在員に講師をお願いして、上海における日本企業進出史を軽くさらってみよう。

日本企業の対中投資は、三期のブームに分けられる。

まず第一次ブームは、一九八五〜八九年。この時期は、安い労働力を使って生産をして、日本に輸出していく労働集約型。投資は合弁が大前提で、外資の進出は原則的に百パーセント不可能だった。

「投資規模一億円前後の地下足袋《じかたび》、手袋、ストッキング、下着などの繊維関係が中心で、製品は日本への持ち帰りが義務づけられていました。大手企業といえば、中国政府から依頼された政策案件と割り切って技術移転にやってきた三菱電機のエレベーターや小糸製作所の自動車ランプ案件ぐらいしか思い浮かびませんね」（大手信託銀行駐在員・以下同）

〝メイド・イン・チャイナ＝安物の衣料〟のイメージは、この時期にかたちづくられた。それがいまなおつづく「安かろう、悪かろう」の評価にも影を落としているのだが、「友好商社」と呼ばれる中国専門商社が細々《ほそぼそ》と貿易をするだけだった一九八〇年代前半までに比べると、中国が一気に身近になった時期だと言えるだろう。

しかし、このブームは、一九八九年の天安門事件をきっかけに下火になってしまう。

第二次ブームは、鄧小平の「南巡講話」と円高を背景にした、一九九二〜九五年の進出ラッシュ。「南巡講話」とは、鄧小平が一九九二年一月から二月にかけて、中国南方の諸都市を視察し、その途上で改革・開放政策を促す講話を発表したというもの。それに先立つ一九九〇年には上海・浦東地区の開発も始まり、上海の存在感が大きく浮上したのだった。

「上海の経済建設は『南巡講話』をきっかけに加速しました。労働集約型ではなく、国内市場における販売に注目した外資の投資が増加したのが、この時期です。日本を代表する大手企業も出そろい、特に大手家電メーカーが軒並み進出して、それに伴って下請けや協力企業も進出しました。この三年間は、日系企業の進出が倍々ゲームで伸びていったんです」

ところが、外貨導入に自信をつけた中国政府は、生産設備の輸入関税を撤廃し、増値税を導入。これが日系企業の進出にブレーキをかけ、アジアの経済危機も重なって、進出が一時停滞してしまった。

今日に至る第三次ブームは、二〇〇〇年から。

「アジア危機の中で叫ばれていた人民元の切り下げ懸念がいつのまにか解消し、中国のWTO加盟も確定したことから、いままで以上の市場開放が期待できることになり、世界中の企業が投資に踏みきったんです」

進出の分野も、金融や保険、小売業などサービス産業にまで広がり、大手のみならず中小の企業も中国に活路を求めるようになった。特に、第二次ブームで進出をして、橋《きょう》頭堡《とうほ》を築いていた大企業は、工場の増設はもとより、販売会社や商社の設立など、新しいビジネス展開を狙《ねら》った投資を増やしている。

『中国情報ハンドブック2002年版』（蒼蒼社）にある「中国外資系企業500社売上高ランキング」によると、日系企業上位五十社のうち、二十五社が電機。うち、松下電器の現地法人は最多の七社、次いでシャープ、ミツミ電機、日立製作所の三社、ソニー、三洋電機、三菱電機の二社となっている。

上海経済圏に限定すれば、上海索広電子（ソニー）、上海三菱電梯（三菱電機）、上海夏普電器（シャープ）、蘇州《そしゅう》愛普生（セイコーエプソン）、上海旭電子玻璃（旭硝子）などの十四社……もちろん、この数は現在ではさらに増えているはずである。

当然、上海在住の日本人の数も増加の一途をたどっている。

「私が一九八一年に企業派遣の留学生として上海にいた頃、日本人は約八十人でした。駐在員として上海赴任した一九八八年当時で、約七百人。それがいまでは約二万人と言われるまでになりました」

外務省のデータでは、二〇〇一年の上海在住邦人は一万百九人。しかし、これは領事館に届けられた在留届けを基にしている数字で、実態は駐在員氏の言うとおり、その倍の人数が上海で生活していると思って間違いないようだ。

約二万人の日本人がいれば、当然ながら〝日本人社会〟もできあがるし、〝日本人相手のビジネス〟も成立する。

衣食住でいうなら、まずは住まい――。

上海では外国人向けのマンション新築ラッシュがつづいているが、やはり日本の駐在員は日系マンションを選ぶ傾向にある。日本語がつかえること、セキュリティー、設備……浴槽が日本式なので肩までゆっくり浸かれる、というのも、意外と大きな決め手になっているのだという。

大東建託の『上海ガーデンプラザ』、フジタの『虹橋公寓』、松下電工の『東櫻花苑』などの日系マンションの中で、今回取材を受けていただいたのは『東櫻花苑』――マンガ『取締役　島耕作』で、島耕作が暮らしているマンションである。

フロントに置いてあったパンフレットには、同マンションのセールスポイントが列挙してある。これは上海での生活事情全般のポイントでもあると思うので、いくつか引用してご紹介してみよう。

〈24時間集中監視の防犯システム――昨年の中国全土での刑事事件逮捕者は71・6万人、前年比108%で増加しています。『東櫻花苑』では松下電工が持つ最新鋭の防犯技術を活かし、入居者からは目立ちませんが、カード入館システム、防犯カメラ、ガードマン、高さ3mのフェンスなどにより、敷地から各戸まで三段階の防犯システムを備

え、24時間監視を行っています〉

〈ガスを使わないマンション――中国のガスは臭いがわかりにくく、ガスの圧力も変わりやすく、ガス器具やその取り付け法は、日本のように品質が安定しているとはいえません。そのため上海地区でも以前から日本人駐在員がガス中毒にかかったり、不幸にも死亡事故につながることもたびたび起こっています。ガス中毒からの蘇生《そせい》には高圧酸素室での治療が必要ですが、上海にはその治療施設を持っている病院は1ヵ所しかありません。こうしたことを踏まえ、『東櫻花苑』ではガス事故を起こさないように、建設時より全住宅に電化調理器具を採用し、浴室やキッチンへの給湯もセントラル給湯システムであり、上海では数少ないガスを使わないマンションです〉

〈再浄化・減菌したきれいな水――『東櫻花苑』では、上海市の水道水をマンション内の再浄化・減菌設備で処理したきれいな水を、各住戸はむろん、プールや大浴場などへも供給しています。きれいで安心な水を供給するため、毎日の水質検査や、残留物、有機物、濁度、色度など38項目にわたる定期検査を毎月おこなっています〉

〈救急医療――昨年1年間で中国で不幸にして亡くなられた日本人（旅行者も含む）は78名で、そのうち上海地区での死亡者は30名と言われています。一部の方が事故や事件で亡くなっておりますが、ほとんどが肝硬変、脳出血、脳梗塞《のうこうそく》、心筋梗塞などの病気で死亡しています。『東櫻花苑』では、入居者の体力測定などを実施し、健康の把握に努めるとともに、万一のために各住戸に非常通報用ベルを設け、いつでも警備担当者やスタッフが駆けつけ、救急病院への搬送などの対応ができるようにしております〉
〈200Vのほかに100Vコンセントも完備——中国では200V電気器具が一般的ですが、日本から持ち込みの電気器具をそのままご利用いただけるように、洗面・寝室・リビングなどに100Vのコンセントも建設当初より併設しています〉

至れり尽くせり。

だが、それは裏返せば、上海の生活インフラが急成長に追いついていない、ということでもある。

設備だけではない。接客一つとっても、日本の感覚とは大いに違う。

たとえば、上海在住の日本人必読と言われるタウン情報誌『スーパーシティ上海』に載っていた某クラブの広告には、こんな謳《うた》い文句が——。

〈1　〇〇（店名・筆者注）の従業員は、お酒の押し売りをしません〉
〈2　〇〇は従業員がトイレを使っているためお客様を待たせるなどということはしません。お客様専用トイレがございます〉
〈3　〇〇は従業員がお客様のおつまみを勝手に食べることはありません〉
〈4　〇〇ではお客様に無礼になる変な日本語を使いません〉
〈5　〇〇は営業上必要な全ての許可を確保しております。お客様がお使いになるカラ

の上海の実態は……怖いですね、かなり。

とも広告に記していた。これらがアピールポイントになるということは、すなわち、夜

さらに、別のクラブは、〈日本語の上手な小姐《シャオジェ》が多数、無理にボトルを空けません〉

〈6　〇〇は消毒済みの一回性おしぼりを使います〉

オケが違法などということはありません〉

昼間の上海暮らしも、なかなか一筋縄ではいかない。

前章でご紹介した堀さんの奥さんの有紀さんは、初めて上海で生活した一九八九年頃を苦笑交じりに振り返る。

「あの頃の上海では、外国人が行きつけになっているパン屋さんは一、二軒しかなかったんです。わたしもそのお店を利用していたんですが、ある日、食パンを太陽にかざしてみると、パンの中に黒いツブツブがたくさんあることに気づきました。小麦粉にわいた無数のウジ虫だったんです……。でも、中国のひとたちは平気な顔で『これも食べればタンパク質』と言うので、これが中国で生きるということなんだ、と……」

野菜も虫だらけだった。試しにブロッコリーについている虫をピンセットで取り除いて数えてみたら、どの房にも三十四以上の虫がいた、という。

「いまでは中国でもだいぶ衛生的になりました。野菜もプラスチックトレーに入って、

ガラスケースの中に並べられるようにもなったのですが、販売の形は日本に近づいてきても、衛生観念のほうは、まだ時代に追いついていない、という感じなんですね。一見衛生的でも、ガラスケースの中にハエが入ると、店員は当然のごとくケースの中に殺虫剤をスプレーしますから」

そう考えると、特に子どものいる家庭では病気がいちばん心配になるのだが――。

「言葉は通じないし、衛生的にはちょっと心配ですが、個人的には、外資系の新しい病院よりも、中日友好病院や軍事病院のような昔からある病院のほうがいいと思います。六年間過ごした北京では、中国漢方の素晴らしさを知りました。日本に帰ってきてからも、夫に頼んで中国の漢方薬を買ってきてもらうほどでしたから」

なるほど、そこはさすがに中国四千年の歴史……なのだが、じつを言うと、上海や北京に駐在する日本人家庭にとっては、〝健康〟以前のレベル――要するに〝生命〟のレベルでの心配事が絶えないのだ。

「居住するマンションの選び方で、天安門事件を経験したひとかそうでないひとかは、すぐにわかります」

と言いますと？

「新しい中国しか知らないひとは、皆さん、マンションの間取りやお風呂《ふろ》に洗い場が付いているかどうか、で決めるんです。でも、わたしたちのように天安門事件以前の……

ほんとうの中国の姿を知っているひとは、どんなにオンボロなマンションだろうと、とにかく日本人学校の近くに家を借りるんです。なにかあったときに走って子どもを助けに行ける距離かどうかが、一番の優先事項なんですよ」

有紀さんは、さらりと言う。

だからこそ、ぞっとするほどリアルだ。

「日本人の多いマンションでは、日本人学校との直通バスを出しています。そのバスがあるかないかで、全然変わります。バスを利用する子どもたちの名簿もちゃんとできていて、各学年で全員揃《そろ》った順にバスに乗る仕組みで、親も月に一度ぐらいの割合で添乗当番が回ってきます。そこまでしないと、万が一いなくなってしまったら、日本とは違って探しようがないんですよ、中国では」

さらに、「男の子と女の子では、心配ごとのタネの種類は違うんですか？」と、いかにも日本的なのんきな質問をしたシゲマツ、有紀さんの答えを聞いて、背筋を凍らせてしまった。

「男の子でも女の子でも同じですよ、臓器は」

え——？

「向こうは、子どもの臓器の価値がすごく高いんです。まだ日本人の子どもの例は聞きませんが、中国人の子どもが行方不明になって、内臓を抜き取られた遺体が発見されたという話はよく聞きました。でも、日本人でも中国人でも子どもの見分けなんかつきませんからね。だからウチの子どもたちにも言ってるんです。『連れていかれたら、もうあなたたちはミンチになっちゃうのよ』って……」

それが、中国なのだ。

そんな中国で、日本人ビジネスマンたちは闘っているのだ。

お待たせしました。

単身赴任をめぐる旅・上海編です——。

【上海寄り道編・第一話】

元拓銀マン、上海で復活すの巻

岩尾さんの
単身赴任データ

岩尾英之さん(45歳)

上海錦江キリンビバレッジ・財務部長
神奈川県横浜市▼▼▼中国上海市
一九九九年三月〜二〇〇三年三月

赴任先の住まい◆
形　態◇　会社の借り上げマンション
間取り◇　1LDK
家　賃◇　一部負担あり
単身赴任手当◆　海外給与手当に含まれる
帰宅費の支給◆　年四回

『午後の紅茶』のシェアを拡大せよ

恥ずかしながら、シゲマツ、中国語はまったく読めないし、しゃべれない。だからポスターに記されたコピーをどんなふうに発音するのか想像すらできないのだが……どうか、想像していただきたい。

オードリー・ヘップバーン——である。

日本でもヒットした、キリンビバレッジ『午後の紅茶』のポスターの、中国バージョンである。

コピーは、〈温暖我的心〉。

テレビCMではどんな声の声優が吹き替えをしたのかはわからなくても、この字面だけで、「ああ、いいなあ……」とつぶやきたくなりませんか？

中国は、漢字の国——それをあらためて実感できませんか？

「オードリー・ヘップバーンに中国語をしゃべらせるというのは、冒険だったんですよ。一発勝負をかけたんです。テレビCMの出稿量も、二〇〇一年上半期は、上海市でトップでした」

上海錦江《きんこう》キリンビバレッジの岩尾英之財務部長（45歳）は言う。経営企画室長も兼務する岩尾さん、主力ブランドである『午後の紅茶』のシェアを一気に拡大すべく、勝負に打って出たのだった。

結果は——大成功。上海市での茶飲料の二十一・一パーセントのシェアを獲得した『午後の紅茶』は、いまや上海を闊歩《かっぽ》する若者のファッションアイテムとなっているほどなのだ。

そもそも、中国では冷たいお茶を飲む習慣はなかった。日本でおなじみの冷たいウーロン茶はサントリーが現地で広めた〝逆輸入〟のスタイルで、缶コーヒーもほとんど飲まれていない。

「紅茶は、もともと中国のお茶だったという意識があるので、缶やペットボトルで飲むことも、わりとすんなり入っていった感じですね」と岩尾さんはおっしゃるが、すでに確立された習慣を切り崩すのは、そう簡単なことではないはずだ。なにしろ、同社の『生茶』は、中国では無糖・低糖の二種類を販売していて、いまなお砂糖入りの緑茶のほうが人気が高いというのだから（ちなみに、ぼくも砂糖入りの『生茶』を飲んでみました。三日に一口ぐらいのペースで飲むのなら、わりとイケるかも……でした）。

「でも、新しいものをどんどん受け容れていくというのは、国や街に勢いがある証拠だと思うんです。われわれのほうも、商品の認知度がアップすればするほど、士気が高まりますし」

岩尾さんは、きっぱりと言う。

その言葉には、〝落日〟を目の当《ま》たり《あ》にしたひとだからこその重みがあった。

岩尾さんは、転職組。

かつての勤務先は――一九九七年十一月に破綻《はたん》した、北海道拓殖銀行だったのだ。

〝敗戦処理〟の香港勤務、そして経営破綻

北海道出身の岩尾さんにとって、拓銀は地元の超名門企業である。両親もともに拓銀に勤めていたというから、親子二代の拓銀マンだったのだ。

一九八〇年、成蹊大学を卒業して就職するときにも、迷いや不安などいささかもなかった。時代もバブル景気を目前に控え、「前へ、前へ」が許される状況だった。

岩尾さんも入行三年目で結婚し、五年目には自ら志望して北京へ語学研修へ出かけた。

「当時（一九八五年）は、中国を市場として見る発想はありませんでした。一年間の語学留学を終えると、そのまま北京事務所勤務になったんですが、国際電話がつながらず、日本との連絡はテレックスを使っていたほどです」

では、なぜ中国語を――？

「大学時代のゼミで東アジアの国際関係論を研究したんです。それで中国に魅せられて、いまの仕事にもつながっているわけだから、まさに運命づけられていたのかもしれません」

一九八七年に帰国し、東京営業部の法人部門を担当。バブルまっただなかのマネー・ゲームの渦中で仕事をこなし、一九八九年からは香港へ。

「合弁でリース会社をたちあげて、その後、深圳《シンセン》で働きました。このときは二人の子どもが小学生と幼稚園だったので、家族で香港に駐在していたんです。当時の香港の日本人学校には千八百人も生徒がいました。一九九四年に帰国したあとも、子どもたちは全国各地に散らばっている香港時代の友だちと連絡を取り合って、仲良くしています」

その頃の香港は、いまの上海と同様に、急速な経済成長を遂げている時期だ。日系企業の進出もめざましかった。そんななか、拓銀は金融界ではいち早く香港進出を果たし、まさに〝北海道＝開拓〟のスピリットを発揮していたのだ。

しかし――一九九四年からの横浜支店勤務をへて、一九九七年五月に二度目の香港赴任をしたとき、岩尾さんに笑顔はなかった。

敗戦処理と呼べばいいのだろうか。

すでに経営危機が公然のものとなっていた拓銀は、翌九八年三月に北海道銀行と合併することが決まっていた。香港での現地法人も撤退を余儀なくされ、岩尾さんはその処理のために香港へ赴いたのだ。

「ただ、正直言って、危機感はあまりなかったんです。現地法人の撤退も、他の銀行も縮小路線だったので、しかたないだろう、と。いくらなんでも破綻までは行かないだろう、と思っていたんです」

ところが、シナリオは最悪の展開になった。北海道銀行との合併はご破算になり、十一月十七日——破綻。

「……突然だったんです。なにも知りませんでした。その日は月曜日で、朝、おふくろから『大変だ！』と国際電話がかかってきて、初めて知ったんです」

じつは、ぼくが上海を訪れて岩尾さんにお話をうかがったのは、二〇〇二年十一月十七日。

「今日は拓銀の命日なんですよね」

岩尾さんはそう言って、寂しそうに笑ったのだった。

破綻した段階で、岩尾さんには二つの選択肢が示された。

残るか、出るか——。

拓銀に残るのなら、中央信託に身柄を引き取ってもらえる。あるいは北洋銀行へ行くという道もある。

しかし、岩尾さんは十八年におよぶ銀行員生活の半分近くを海外で過ごしてきた。国内に戻ると、もう海外に関係する部署にはつけないかもしれない。

「せっかくのキャリアを活かしたかったんです。転職についても、中国が市場としてクローズアップされていた時期だったので、中国勤務の経験があればなんとかなるだろう、と……」

その読みは当たった。破綻からほどなく、拓銀時代の上司を通じて、キリンビバレッジからの誘いを受けたのだ。上海で合弁会社勤務という、仕事の内容からすれば望みどおりの話だった。

「でも、ずっと中国に駐在することになるので、少し迷ってはいたんです。妻は『あなたの好きなようにすればいいから』と言ってくれたんですが、まだ迷いは消えなかった。そのときに背中を押してくれたのが、拓銀マンだった父なんです。父はその頃病気だったんですが、キリンビバレッジから話が来たことを喜んでくれて……それで決心したんです」

人生に「もしも」を持ち出してしまえば、きりがない。

それでも、もしも二十代の頃に中国語の語学研修を志望しなかったら——。

「転職は無理だったでしょうね。あのまま北海道に帰るしかなかったと思います。同期で拓銀に入った仲間も、国内で管理職に就いていたひとほど、再就職は難しかったみたいです。東京や札幌で同期入行の仲間と会うときも、みんなにうらやましがられますよ。拓銀破綻後、すでに二度も三度も転職を繰り返しているひともいるし、畑違いの仕事で苦労しているひともいます。ほんとうに、中国語が人生のピンチを救ってくれたんですよね……」

大学ＯＢ会と北海道人会、二つの幹事を務めて

さて、いわば〝約束の地〟でもある中国・上海での、岩尾さんの生活は――。

とにかく仕事は楽しい、という。

モノを作って売っていくというメーカーの仕事は、成果が目に見える形で出てくる。総勢七十名のオフィスなので、仕事の達成感を肌で実感できるのが嬉《うれ》しいし、なにより上海は、そして中国は、すさまじいほどの勢いで変わっている。上海だけでも、二〇〇一年の一年間でコンビニエンスストアが約一千軒も増えている。市場の開拓の可能性は、日本では考えられないほど広がっているのだ。

語学留学時代から数えて、つごう十一年以上も中国で過ごした岩尾さんだけに、現地の職員の気質も知悉《ちしつ》している。いまの上海は、八九年当時の香港と雰囲気が似ている。八五年に初めて北京に赴いたときには中国人と日本人との考え方や行動のギャップに面食らうことの連続だったが、その差は明らかに縮まっているらしい。

「ただ、中国人の性格は概して我が強く、メンツを気にします。だからミスをしても人前では叱《しか》らないようにしていますし、こっちが一方的に指示を与えてやらせるのではなく、スタッフ自身で考えて仕事にあたるようにしています。失敗すれば、こっちが責任をとればいいんですから」

じつは、岩尾さんのように仕事を現地スタッフの裁量に任せる上司は、中国ではきわめて珍しいのだという。言葉は悪いが、〝人件費の安い労働力〟という意識を捨てられない日本人上司が、決して少なくないのだ。

「現地スタッフのほうも愛社精神は薄いんですよ。日本人なら『会社のために』と踏ん張るところでも、こっちのスタッフは往々にしてあっさりと会社を離れてしまう。でも、ウチのスタッフは踏ん張ってくれるんじゃないかな。それは私がどうだからというのではなくて、商品が売れて、上海で評判になってくると、やっぱりスタッフにも愛社精神のようなものが少しは芽ばえてくるんじゃないでしょうか」

一方、プライベートでは――。最初の香港駐在は家族と一緒だった岩尾さんだが、二人の子どももいまは予備校生と高校生、さすがに単身赴任以外の選択肢はなかった、という。

「平日の食事は外食が中心です。日本から来たお客さんのアテンドなど仕事がらみの食事が、平均して週に一度。駐在員仲間で夕食に出かけるのも、週に二、三度はありますね。自宅で食べるときは、たいがいレトルト食品ですが」

ちょっとわびしい、中年独身生活……と思いきや、岩尾さん、〝幹事体質〟の持ち主でもある。

上海在住の成蹊大学OBを集めた同窓会が、発足当時は六人だったメンバーが、いまでは三十五、六人。北海道にゆかりのあるひとで結成した上海北海道人会が、総勢七十六名。二つの会の幹事をつとめているので、酒を酌《く》み交《か》わす相手には事欠かない。

すでに『日本人会』で集まる段階は過ぎて、大学や出身地別でサークルができるほど、上海の日本人は増えているのだと……これもまた、中国経験の長い岩尾さんには感慨深いことではないだろうか。

「拓銀時代の経験も含めて、人間同士のいろんなつながりがあるからこそ前向きに生きていけるんだな、と思いますね」

とはいえ、単身赴任中の人間関係で最も難しいのは、家族。会社負担で年四回、それに出張やマイレージなどを利用して、合計して年に六回ほどになる帰宅の際は、岩尾さん、急に〝孤独なお父さん〟になってしまう。日本に帰るいちばんの楽しみは愛犬パピヨンの散歩だという。

「家に帰ってきても、子どもたちは自分の部屋に入ったままで、なかなか出てこないんですよ……」

一瞬、寂しさを覗《のぞ》かせた岩尾さんだったが、すぐにつづけていわく——「子どもたちに『お父さんは中国の経験が武器になったんだ』と正面切って話したことはありませんが、ちゃんと見てくれていると思いますよ。息子も『お父さん、えらいな』と家内に言っているそうです」

グッと胸を張って、嬉しそうに言う。

その笑顔にコピーを添えるなら、やっぱりこれでしょう。

〈温暖我的心〉

そして、いま……

二〇〇三年三月、岩尾さんは日本に帰任した。本社の経理部経理担当部長代理に任ぜられたのだ。

「当初の予定より、帰国が一年早まってしまいました。ちょっと残念ではありましたが、在任中に仕事をやり遂げたという達成感や充実感は感じられたので……」

『午後の紅茶』『生茶』とヒットがつづき、販売実績も伸びて、会社じたいも成長していった。それを肌で感じられたからこそ、満足しての帰国となった。

「やっぱり家族で暮らせるというのはいいですね。子どもたちはあいかわらず自分から進んで話してくるような感じではないんですが、妻は『よかったわ』としみじみ言っています。毎日話ができて、相談する相手がいつでも目の前にいる、というのが安心感になるようです。妻は、思春期の難しい時期だった子どもたちを一人で見てきたわけですから」

　ということは、これからはマイホーム・パパに変身——？

　いやいや、人間関係のつながりを大事にする〝幹事体質〟は、我が家だけでは収まらない。

「上海でつくった大学のＯＢ会の東京支部を結成したんです」

　東京にある成蹊大学の、上海での同窓会の、東京支部……なんだか、ややこしいなあ……。

「上海北海道人会の関東支部もあるんですよ。このまえも呑《の》み会に参加して、上海時代の思い出話で盛り上がりました。上海での人間関係は、今後の大きな財産になっていくと思います。単身赴任は確かにつらかったけど、単身だからこそ、家族帯同の場合よりも密な付き合いができたと思うんですよ」

　拓銀時代、市場として期待されていなかった中国へあえて語学留学したのも、ひとつの出会い。拓銀の破綻という大きな別れすら、新たな人生との出会いになった。

さまざまな出会いと別れを繰り返しながら、前へ進む……岩尾さん、さすがに開拓の気風あふれる道産子《どさんこ》、なのでした。

【上海寄り道編・第二話】

「現場は上海にあり」の巻

福田さんの単身赴任データ

福田充広さん（52歳）

CM制作会社チーフ・ディレクター

東京都中野区▼▼▼中国上海市

二〇〇〇年九月～二〇〇八年（予定）

赴任先の住まい◆

形　態◇　会社の借り上げマンション

間取り◇　1LDK

家　賃◇　なし

単身赴任手当◆　月5万円

帰宅費の支給◆　年二回

〝中国CMバブル〟の波に乗れ！

一昔前の韓国、そして昨今の中国の経済発展を、日本の高度経済成長期に重ね合わせる見方は、「日本のほうがなにごとも早かったんだ」という〝アジアの盟主〟のプライドが（裏返せば韓国や中国を低く見るまなざしが）根っこに覗《のぞ》いてはいるものの、ある意味では正鵠《せいこく》を射ているとも言えるだろう。

そして、今日の中国を、日本の高度経済成長期のアナロジーとすれば——当然、モノづくりや物流以外の、もう一つの産業の勃興《ぼっこう》も感じ取れる。

広告産業、要するにコマーシャルである。

日系CM制作会社のチーフ・ディレクターをつとめる福田充広さん（52歳）が上海に赴任したのは、二〇〇〇年のこと。一九九八年に初の上海出張をして以来、頻繁に上海入りしていたが、あくまでもベースは東京だった。ところが、事務所の立ち上げ時から駐在していた担当者が音《ね》をあげてしまった。「どうも、『上海にはもう一刻もいたくない』というほど痛い目に遭《あ》わされたみたいで」……そのため、福田さんに駐在のお鉢が回ってきたのだった。

「出張で上海とお付き合いしていた頃のほうが気が楽でしたけどね」

苦笑する福田さんなのだが、しかし、ディレクターとしての性《さが》は、上海駐在を大歓迎しているようなのだ。

「東京での仕事は管理職だったんです。年齢からいってもしかたないことなんですが、やっぱり現場が恋しかった。上海なら、僕が現場で直接、陣頭指揮をとれるんです。それがなにより嬉《うれ》しいんですよ」

一九七三年に広告業界に入った福田さん、『アリナミン』などのCMを手掛けてきたものの、一九八〇年代、九〇年代と、広告の世界が成熟していくにつれて、洗練と引き替えに熱さが失われていくのが不満だった。さらに、自分の体験できなかった一九六〇年代から七〇年代初頭——いわば広告業界の青春期の魅力を先輩たちから聞かされるたびに、〝遅れてきた青年〟としての悔しさを嚙《か》みしめていたのだった。

「上海のCMの技術や設備は、日本の一九七〇年代以前の状態です。スタッフもまったく映像に慣れていないし、クライアントも広告にかんしては素人同然で、『十五秒のCMにはここまでの内容しか入りませんよ』というのをやっと理解してもらった頃には、たいがい異動してしまうんです。でも、そのぶん現場は自由にやれるんですよ。僕が若手だった頃の日本がそうだったように、代理店を通さずにクライアントと直接仕事ができるので、自分たちの考えたとおりのことがやれるんです。だから、日本から出張で来た同僚は、みんな面白がってくれますよ」

福田さんらが制作しているのは、九十五パーセントが中国向けのCMで、日系大手進出企業が主要なクライアントだという。

「現在、上海をはじめとして中国全土が住宅ブームなんですよ。それでトイレタリーなど家庭用の商品の需要が高まってるんです」

住宅ブームは、同時に家電製品の需要も高めていく。たとえばテレビもそうだ。上海での百世帯あたりのカラーテレビの普及率は、一九九五年が百八・六台、二〇〇一年が百五十三・六台、六年で一・四倍の伸びを見せて、「一家にテレビが二台」の家庭が二軒に一軒の割合にまで高まった。

となると、テレビCMの効果も一気に高まり、まさに高度経済成長期の日本のように、広告業界は右肩上がりの急成長を見せる……はずなのだが、現在、中国では〝CMバブル〟が起きている。テレビの普及によってCMの効果が増大するにつれて、放映料が急騰してしまった。CCTV（中央電視台）で、十五秒が二百四十万円。しかも、十五秒だけでは売ってくれない。そのしわ寄せが制作費削減につながり、CMのレベルが落ちる例も増えてしまったという。

「特に今年（二〇〇一年）のサッカーのワールドカップの時期はひどかったんです。値段をうんと釣り上げられたので、ひどい出来のCMも多かった。でも、逆にウチはがんばってレベルの高いCMをつくったので、評価が一気に高まってくれたんです」

CM業界ぜんたいのレベルアップを願って

そもそも、中国のCMのレベルとはどんなものなのか。

「決して高くはないですね。ほとんどが、どこかで見たことのあるようなパクリなんです」

福田さんは少し残念そうに言う。

「真似ることは上手いんですが、ゼロからつくりだす企画力がまだまだ欠けているし、モラルの面でも問題がある」

福田さんの会社でも、若い現地スタッフに企画を出させたら、オンエア中の別の会社のCMとそっくりそのままの企画を提出してきたのだという。

「ひさびさに『おっ、これはいいな』と思って喜んでいたんですが、たまたまテレビを観てたら、カット割りまでまったく同じCMが流れてて……。また、日系の洗剤メーカーのCMで、ウチがつくった人気シリーズを、別の社の洗剤メーカーのCMでみごとにパクられてしまいました。文句を言っても無駄です。『苦労して考えるよりもパクったほうが早い』という考えが、こっちにはあるんですよ」

やれやれ、とため息交じりに首をかしげる。

広告業界で生き抜いてきた福田さんには、自分の会社の利潤うんぬんを超えて、上海の業界ぜんたいのレベルアップを果たしたい、という思いがあるようだ。

いま、上海の名門・復旦《ふくたん》大学の学生たちの間では〝広告業界〟が就職先として人気が急上昇中だという。しかし、それはCM制作ではなく、クライアントの広告担当になって、つまり上の立場としてハンコを捺《お》したいという憧《あこが》れ……。

「いまの若者は、一人っ子政策の時代に生まれてますから、親に溺愛《できあい》され、しかも成績がずっとトップだったりするものだから、いままで怒られたこともない子が多いんです」

上司としても、なかなかやりづらいことも多いだろう。それでも、「いまは、やっとローカル・スタッフで三人ほど育ってきた感じが出てきました」と笑う福田さんの顔には、パイオニアとしての自負とやり甲斐《がい》がにじんでいた。

中国では、とにかくまだ広告業界は発展途上——法律や規制も、現状のほうが先にある、という状態だ。

「いちおうCMにも審議委員会はあるんです。日系大手トイレタリーメーカーの便器のCMでも、『お尻《しり》のシーンが多いのは不愉快だからやめなさい』と言われたことがあります。ところが、審議会の委員に知り合いがいたら、通ったりもする。人脈がないと大変ですよ。ただ、ほんとうにまだ整備の途中なんですよね。ビールのCMでも、上海では肩より上にコップを上げてはいけないことになっているのに、そういうCMが流れている。別の省ではOKだから、という理由です。裸は駄目、水着も駄目、ロン毛も駄目だったのに、〝やったもん勝ち〟で、既成事実をつくって許容範囲を後追いで広げていく……混沌《こんとん》としている段階ですね」

とはいえ、中国にもタブーはある。警察や人民軍を連想させるようなものは御法度《ごはっと》で、万が一、体制をからかうようなものをつくったら……「国外追放になっちゃうかもしれませんね」。

得意なパスタ料理、茹で具合はアルデンテ！

さて、そんな福田さんの私生活は――表面上だけのものであれば、いわゆる〝ギョーカイ人〟をイメージしていただければいいかもしれない。

プールとテニスコートが併設され、メイドさんが掃除やベッドメイキングもしてくれる高級マンションに一人暮らし。撮影のない週末は仲間とテニスを愉《たの》しみ、買い物はタクシーでまとめ買い、自室で料理をするときのお得意はパスタ、当然ながら茹《ゆ》で具合はアルデンテ……うーん、なんだかバブル時代のアメックスのCM「男は、こうありたいね」を思いだしてしまうような生活だ。

だからこそ、バーで呑《の》んでいると、「わたしを愛人にどう？」と売り込んでくる女性もいる。それを逆手《さかて》にとって、福田さん、東京に一人で残った奥さんに「上海は誘惑の多い街だから、僕を単身赴任で置いておくと、なにかがあるかもしれないぞ」と脅しをかけているのだが……「やっぱり、上海に遊びに来ることはあっても、生活する気はないみたいですね」と苦笑する。

広告業界で生きるには、情報収集が欠かせない。上海暮らしでのハンディは、あるのだろうか。

「情報のタイムラグはあまり感じません。テレビはＮＨＫのＢＳ１とＢＳ２、あと国際放送も入るし、インターネットもありますから。ただ、どうしてもメジャーなものしか入ってこないので、最先端の流行やディープな情報は東京の友人に教えてもらうしかありませんね。ただ、上海はＤＶＤの入り方がとんでもなく早いんですよ。アメリカで封切りしたのとほぼ同時に海賊版のＤＶＤが発売される。内部から持ち出しているとしか考えられないんですが……まあ、いずれは法が整備されて、海賊版もなくなってくるとは思います」

まさに混沌期――だからこそ、この二、三年が勝負だ、と福田さんは言う。

「台湾や香港の景気が悪くなってきたので、そっちの業者がどんどん上海に進出しているんです。特に台湾の業者が単価を下げてきて、ダンピング状態です。こっちとしては質を落とさない仕事をやりつづけるしかないんですが、決していい状況とは言えません。だから、がんばらないと……」

会社からは、北京オリンピックがある二〇〇八年までの上海駐在を命じられている。ほんとうは日本に帰ってドキュメンタリーの分野を手掛けたかった福田さんだが、とにかくいまは、総勢二十人前後のこのオフィスを育てていくことに専心するしかない。

会社は六十歳定年制。年齢を考えると、おそらく、これがCMディレクターとしての締めくくりの仕事になるだろう。

上海のスタッフがプランニングまでできるようになったのを見届けて、二〇〇八年に帰国——その夢がかなったとき、フィルムやビデオには残らない、〝人生〟という題名のドキュメンタリー作品が完成しているのかもしれない。

そして、いま……

二〇〇八年までの〝長期戦〟である。

じっくりと腰を据えて上海と付き合っていくには、まずは言葉の壁を乗り越えなければならない。

福田さん、本格的に中国語の勉強を始めた。いままでも日常生活には困らない程度には話せていたのだが、あらためて勉強してみると、自分がいかにいいかげんな発音をしていたのか思い知らされた、という。

「先生は、ウチの会社のデスク業務をしてくれている二十四歳の女の子です。師範大学の日本語学科を出ているので、教え方が上手い。耳もいいから、僕の中途半端な発音を聞くと、即座に『舌をもっと上顎《うわあご》につけて』と教えてくれるわけです。お返しに僕が日本語を教えるということで、会社の別の女性スタッフも加わって、三人で和気あいあいとやっています。これなら中国語も上達するんじゃないかなあ……」

さらに、福田さんの趣味がテニスだというのを知った二人は、「わたしたちにもテニスを教えてください！」と弟子入りし、それを聞きつけた同僚も次々に参加を申し出て、仕事のない週末は何人ものスタッフが福田さんのマンションに集まるようになった。

「時にはパスタなどをつくってごちそうするんですが、中華料理しか知らないスタッフにはこれも好評で、料理教室になることもあるんですよ」

単身赴任生活で最も孤独を感じる休日が、若いスタッフとの付き合いで満たされる——これ、最高じゃないですか。

じつは、福田さんに近況をうかがったのは、SARS禍《サーズか》まっただなかの五月下旬。会社の健康診断のために一時帰国した福田さん、帰国とほぼ同時に会社が中国渡航を禁止したため、東京で足止めをくらってしまったのだ。

単身赴任の身にとっては、願ってもない臨時ボーナスのような東京待機……と思いきや、福田さんはご機嫌斜めなのである。

「東京にいたからといって、特にやるべき仕事なんかありませんし、早く上海に帰りたくてしかたないんですよ」

この言葉を、ワーカホリックだと難じるのは、やめよう。

五十代。東京にいれば管理職としてデスクワークをつづけるしかなかった福田さんが、上海では再び撮影の現場に立てる。その充実感が言わせたぼやきなのだと、シゲマツは解釈する。

リストラにおびえつつ、現場の第一線からはどんどん遠ざけられてしまう中高年の皆さん、「俺はもっと現場でやれるぞ!」の思いがあるなら……上海で社会人としての第二の青春を過ごすのも、〝あり〟かもしれない。

【上海寄り道編・第三話】

ニッポン製造業の未来を案じつつの巻

山本さんの
単身赴任データ

山本和光さん（53歳）
建築素材メーカー・董事兼副総経理
北海道札幌市▼▼▼中国上海市
二〇〇一年十一月〜未定

赴任先の住まい◆
形　態◇　会社の借り上げマンション
間取り◇　1LDK
家　賃◇　一部負担あり
単身赴任手当◆　月15万円
帰宅費の支給◆　年四回

中国の近代化は住宅需要を呼びおこす

朝もやの中、ワゴン車は疾走する。

出発は朝六時四十五分——晩秋の上海では、まだ夜明け前といった感じの暗さだ。車は信号や渋滞につかまることもなく、ほんとうに快調に走る。七時半頃には、すでに上海の市街地を出て、車窓の風景はいっぺんにひなびてきた。

「眠くないですか？」

ぼくが訊《き》くと、山本和光さん（53歳）は、「もう慣れましたから」と笑う。

起床は毎朝五時十五分。クラッカーをつまみインスタント味噌汁《みそしる》を啜《すす》る程度の軽い朝食を手早くすませて、六時半には一人暮らしのマンションを出る。

日系建築素材メーカーの董事《とうじ》兼副総経理——が、山本さんの肩書である。日本語でいうなら、取締役副社長。社長にあたる総経理は日本にいるので、実質的には現場のトップになる。日本の感覚なら、いわゆる〝重役出勤〟の許される立場なのだが……部下の駐在員五名とワゴン車に相乗りで出勤する山本さん、「そんな悠長なことはやってられませんよ」と言って、あくびをひとつ。

それにしても……ほんの数十分ほどのドライブで、こんなにも風景は変わってしまうのか。超現代的な上海の街並みから一転、郊外はまだまだ魯迅《ろじん》や『蘇州夜曲《そしゅうやきょく》』が似合いそうなたたずまいだ。しかし、あと十年もしないうちに、このあたりにもビルが建ち並ぶだろう、と山本さんは言う。

「上海が発展すればするほど、工場は市街地から遠くなります。これはもう、日本でもどこでも同じ、しょうがないことなんですね」

そうやって都市は拡大し、膨張していく。

そして、近代化の進展は、さまざまな需要を呼び起こしていく。

たとえばマイカー・ブームに乗って、山陽特殊製鋼などはベアリングなどの自動車部品の現地生産に本格的に乗り出しているし、家電用の小型ベアリングの製造・販売も急成長部門のひとつだ。あるいはまた、中国の年間住宅着工数は六百万戸を越えると言われる。上海での二〇〇二年九月の建材・内装材料の売り上げは前年同期比二十九パーセント増――まさに成長期まっただなか、なのだ。もはや中国は〝世界の工場〟にとどまらず、〝世界の市場〟としても成り立っているわけだ。

「いまは、この工場でつくる建築用の部材は百パーセント日本に輸出されています。でも、この夏に、日本で加工した完成品を展示してみたら、どーっとみんなが押し寄せてきた。いままでの中国の感覚では、とにかく安ければいい、だったんです。ところが、こうやって住宅の内装をトータルコーディネイトしている例を見せると、やっぱりびっ

くりして、憧《あこが》れて……。そういう認識は確実に高まってきていると思いますね」（ある日系建築素材メーカー中国駐在員）

そうなると、当然、製品も国内生産が大前提となる。

山本さんの勤務する建築素材工場でも、いまは製品の最終的な加工は日本の工場でおこなっているのだが、これをすべて上海で終えてしまうようにするのが、当面の目標だという。

しかし、上海工場の技術力アップを決して手放しには喜べない現状が、日本にはある。

国内の製造業はどうなってしまうんだ――。

国内の工場の役員も兼務している山本さん、その話題になると、眉間《みけん》に皺《しわ》が寄ってしまった。

人件費、運搬費の安さに加え、税制面のメリットが

現在、人件費を比較すると、上海工場は国内の十分の一から二十分の一で収まっている。要するに、国内で日本人従業員を一人雇うお金があれば、上海では二十人雇える、というわけだ。

材料の運搬費だって、上海に集めたほうが安くつく場合が少なくない。たとえば木材。中国では材木の輸出は禁止され、伐採も厳しく制限されているが、北洋材のロシア、南洋材の東南アジア周辺国……主要な原木輸出国は、いずれも中国から近い。

さらに、税制面でのメリットもある。

「外国企業の進出を促進するために、利益が出るようになっても三年は免税、五年は半減という仕組みになっています。ここの工場は最近少しずつ利益が出るようになったんですが、どんなに儲《もう》けても、今年も来年も免税ですから。言い方は悪いんですが、その間にたくさん稼いでおこう、というわけですね。どこの企業もそうです」

どこをとっても、国内の工場を稼働させるより中国に拠点を移したほうがメリットがある。

「それは……本音を言えば、困ったなあ、と思いますよ。このままだと日本の製造業はどうなるんだろう……。心配だし、納得のいかない部分もないわけではありません。でも、それを言ってもしょうがない、僕らは与えられた条件の中で最高のものをつくっていくしかないわけで、そうしないと生き残っていけないんですよ。会社も、従業員も」

現在、山本さんの会社では、いまの工場に隣接して第二工場の建設計画を進めている。

「今度の工場では完成品まで生産します。国内の余剰設備から一ラインを移管して、日本と中国双方の市場で販売する計画です」

動きだした歯車は、止められない。

おそらく中国への各産業の進出は今後ますます加速するだろう。

しかし、中国もいつまでも〝世界の工場〟ではいられない。やがて人件費が高騰し、代わりにミャンマーやベトナムが〝世界の工場〟に名乗りをあげて……〝年老いた経済大国〟の日本は、そのとき、いったいどんな状況になっているのだろうか……。

やるせない思いはある。利潤追求の資本主義経済は、どこかに大きな矛盾をはらんでいるんじゃないか、という気もしないではない。

だが――いや、だからこそ、日本から来た読み物作家は、あえてまなざしを近くに向けることにする。理想や理屈はともかく、日本経済を支えてきた企業戦士の一人として、我が家から遠く離れた上海で生きている山本さんの姿を、ただじっくりと見つめたい。

「母さんは水泳のインストラクターの資格を取って、元気にやっています」

工場は八時始業。平均三十歳前後の現地労働者二百八十名が働いている。日本人スタッフは前述のとおり山本さんを含めて六名いるが、現場はなるべく現地スタッフが取り仕切るようにしている、という。

「確かに、メンツをやたらと重んじるところなど、中国人ならではのメンタリティーに苦労することもあります。でも、彼らはよく勉強しているし、向上心もあります。その背景として、終身雇用ではない、ということがあるのかもしれませんね。中国での雇用形態は基本的に契約制です。一年契約、二年契約、三年契約という感じで、自分が必要とされなかったら来年はヤバい、という危機感を常に持っています。まあ、逆に、スキルアップを果たしたら、平気でよその会社に移ってしまうということでもあるんですが」

もっとも、山本さんには、ことさら〝中国式〟を意識して部下を率いる計算はないようだ。

「長年つづけてきた仕事のやり方を変えるつもりはありません。よく『中国人はずるい』とか『ひとをだます』とか言うひとはいますが、こちらの心の持ち方しだい、付き合い方しだいじゃないですか？　中国人だってひとを見る目はあります。こちらが微笑みかければ、あっちも微笑む。ただ、彼らの向上心を受け止める目標をつくっていかなければだめだな、とは思っています」

その点、上海の市街地から車で数十分という、この工場の立地は有利だという。

「二百八十人のうち半分は地元の農村部出身なんですが、がんばれば上海に自宅をかまえて通勤することだってできますから。そういう目に見える目標があるというのは大事ですよね。そこは日本人でも中国人でも同じだと思いますよ」

なるほど。

納得してうなずきかけたシゲマツ、しかし、そのあと、思わず苦笑交じりのため息をついてしまった。

上海の自宅から通勤できるんだから——と従業員にハッパをかける山本さん自身は、自宅に家族を残して単身赴任している。これって、考えてみれば、ずいぶん皮肉な話じゃないだろうか……。

そもそも、最初に山本さんに上海赴任の話が打診されたのは、一九九五年だった。

「ちょうどこの工場の立ち上げの時期だったんですが、息子二人が中学生と高校生で難しい時期だったので断ったんです。その後も別の国への赴任の話もあったんですが、まだ家族を残していくのは難しいと判断して、わがままを通させてもらいました。三度目が、去年（二〇〇一年）の秋だったんです。さすがに今度は子どもたちも大きくなっていたし、いままでわがままを聞いてくれた会社の温情も感じていたし、こういう経済状況の中では仕事があるだけでも幸せですから、引き受けることにしたんです」

奥さんと予備校生の次男は北海道の自宅で暮らし、大学生の長男は京都で一人暮らし。家族は三ヵ所に分かれてしまったことになる。

「母さんと一緒に上海に来ることは最初から考えていませんでした。北海道では水泳のインストラクターの資格も取って、元気にやってるんです。言葉も通じない、友だちもいない上海に連れてくるのは忍びなかった。それに、自分の仕事だけでも大変なのに、帯同して心配事を増やしてしまうと、ほんとうに大変でしょう」

　赴任から約一年、いままで洗濯機を回したこともなかったという山本さん、「最近はラーメンや焼きそばも作れるようになったんですよ」と〝自炊〟の成果に胸を張る。寂しさを感じないと言えば嘘《うそ》になるが、「だからといって女の子のいる店に呑《の》みに行く気はしませんね。昔から日記をつけているんですが、単身赴任をすると時間があるので、日記が長くなったかな」と笑う。

　日記の内容はその日の出来事や、人生について。

　人生――という言葉が大げさに聞こえないのは、やはり、異国でがんばっているという説得力ゆえだろうか。

「もしも日本の国内での単身赴任だったら、仕事はやりやすかったかもしれないけど、人間としては駄目になっていたかもしれません。慣れているぶん、遊びほうけていたような気がするんです。上海に来て、まだ中国語も覚えていないと、いろいろ大変なことはあります。でも、そのぶん、若い頃のチャレンジ精神がよみがえったような気がするんですよ」

工場では、この秋、初めての社員旅行をおこなったのだという。

「利益が出るのが確定したので、ごほうびにみんなでバスを連ねて旅行に出かけたんです。日本人スタッフはあえて参加しなかったんですが、あとで写真を見せてもらうと、みんな楽しそうだったなあ……これからも機会があれば、そういうことをやっていきたいですね」

日本企業の中国進出の最大の理由は、人件費の安さ——それは、もう、身《み》も蓋《ふた》もない事実として、ある。

だが、従業員の慰安旅行の話をするときの山本さんの笑顔は、とても素敵だった。ぼくに工場を案内しながら、食堂にいた女子工員のグループや、旋盤を回す少年のような歳の工員に目をやる、そのときのまなざしは、とても温かかった。

モノ作りの現場をずっと見てきた山本さん。上海の若き工員たちの姿に、貧しくとも明日への希望に満ちていた頃の日本を重ねていたのかもしれない。

残念ながら読ませていただけなかったが、山本さんの『上海日記』は、もしかしたら、日本にいるときの日記よりも、若々しい記述が多いのかもしれない。

そして、いま……

第二工場は、二〇〇三年六月から建設に入っている。

「土地契約に手間取って、予定より二ヵ月遅れてしまいました。十月には生産開始といきたいのですが、SARS《サーズ》の影響もあって本社からの出張者も激減して、あらゆる面で遅れ気味です。また、電気や水道やボイラーなど、設備の申請手続きにも時間がかかるだろう、と覚悟しています」

第二工場の土地買収や建設にあたって、中国の〝官〟の強さを思い知らされた、と山本さんは言う。

「行政機関とかかわっていると、中国と日本とは根本的に違うんだということを実感します。主権は〝民〟ではなく〝官〟にあるんですよ。外資系企業の足元を見て、袖《そで》の下《した》を要求されたり、業者を指定されたり……。官僚の汚職や腐敗は、もちろん、日本でも数多くありますよ。ただ、中国では、それが悪いことだという意識すらなく、容認されているんです。当事者に悪の意識がまったくないのだから、ほんとうに大変です。中国はこのままでいいのか、と思いますね」

　それでも、従業員に対する温かいまなざしは、変わらず持ちつづけている。

「豊かになりたいという気持ちをまっすぐに持って、一所懸命がんばるひとたちを見ていると、こっちまで気持ちよくなります。『安かろう、悪かろう』ばかりだった中国の製造業に、高品位な製品を供給することで貢献していきたいですね。中国という場所で仕事をさせてもらう以上、中国のひとたちに貢献していかなければ、と思います」

　ところで、日本の我が家でも、この春、大きな変化があった。大学を卒業した長男は東京で就職し、次男も金沢の大学に入学――家族四人、ばらばらになってしまったわけだ。

「北海道で一人で留守番をしている母さんがいちばん寂しいはずですが、英会話の学校に通うなど、好奇心旺盛《おうせい》で、元気いっぱいですよ。最近では電話だけでなく、eメールでも母さんとやり取りするようになりました」

　ならば、上海の様子を画像で……と、デジタルカメラを買った山本さん、「まだ添付のやり方がわからないので、誰かに教わらなきゃなあ」と、最後にオヤジっぽいことを言って、呵々大笑《かかたいしょう》したのだった。

魔都・上海、昼の顔、夜の顔

租界時代の名残なのか、上海にはいまなお魅惑的にして背徳的なイメージがつきまとっている。

魔都・上海——。

観光地として見れば、それはスリリングでミステリアスな魅力である。しかし、生活の場・ビジネスの舞台として考えた場合は、はたしてどうなのだろう。

上海在住のフリーライター・須藤みかさんにご協力いただいて集めた駐在員の声を、いくつかご紹介しておこう。

上海への単身赴任は、サラリーマンにとって「ラッキー」なのかどうか——。

「ラッキーな場合が多いのでは？　海外赴任だし、上海は有名だし、家族にとっても遊びに行きやすいでしょう」

という四十歳代の元上海駐在員氏（自動車メーカー勤務）は、さらに、こうつづける。

「国内の単身赴任であれば、ときどき奥さんが赴任先へ行って身の回りの世話などをしなければいけませんが、上海ならお手伝いさんを安く雇えるので便利でしょう。奥さんが上海に向かうときのお金も、観光気分なので、家計の〝レジャー費〟から出せるのではないでしょうか」

同じく元駐在員（38歳・精密機械）は——。

「大部分のひとにとっては上海赴任はラッキーだと思いますよ。会社によって差はありますが、国内での単身赴任より手当その他の待遇はいいし、物価も安いので、そのぶん経済的に余裕ができます」

暮らしやすさを挙げる声は、他にもあった。

「上海は他国や中国の他の都市に比べて日本食レストランが多く、値段も安いため、毎日食べられる。そこがいちばん助かりますね」（56歳・IT大手）

「同じ中国でも、北京は上海ほど交通の便がよくないし、気候も厳しい。広東では治安が悪い。それに比べると、上海はやはり生活しやすいですよ。国内の単身赴任よりも手当が多くて、貯金もできます」（40歳・物流）

うーん、駐在員の皆さんの回答からすると、上海の〝昼〟の顔は、なかなか健全なものである。

しかし、魔都たるもの、その健全さの陰に別の相貌を隠し持っているに違いない。上海単身赴任ライフ、〝夜〟の顔はいかがなのだろう（って、ぼくはなにを期待しているんでしょうね）……。

ここで、単身赴任の皆さんに語り継がれている過去の逸話をいくつか——。

「一九九〇年代初め、某社の支店長が単身赴任中に現地の日本人女性スタッフといい仲になってしまい、会社にばれて帰任したあげく、奥さんとも離婚したらしい」

「一九九〇年代半ば、某金融会社の駐在員は、付き合っていた中国人女性の恋人と名乗る男に呼び出された。その駐在員、すっかりビビってしまって、よせばいいのに用心棒代わりに会社の運転手を同行させ、その噂《うわさ》が社内に伝わって帰国させられるはめに」

「つい数年前の話。某メーカーの単身赴任駐在員が付き合っていた中国人女性は三人。自宅で駐在員仲間と酒を呑《の》んでいるときに、つい見栄を張って三人いっぺんに呼び出したところ、三人の間に〝同盟〟が成立して、帰国時に一人につき五万元（約七十五万円）の手切れ金を請求された」

「某オーディオメーカーの総経理は、実家が寿司屋なので、将来は上海で店を開くべく、地元に溶け込んで人脈づくりに余念がない」

「上海駐在十年を超える某社の総経理は、もはや現地の中国人と見分けがつかないぐらい馴染《なじ》んでいて、会社の休暇には中国人用のツアーに交じって旅行三昧《ざんまい》。呑み屋も大好きで、自ら百万元（約千五百万円）を出資して、上海市内でピアノバーを経営していたことも」

〝現役〟の話には、こんなものがある。

機械系メーカーの駐在員・Aさん（44歳）は三年間の北京駐在をへて、上海へ。妻と娘を日本に残しての単身赴任も四年目に入ると、さすがに人恋しさがつのる。

「北京時代にもカノジョはいました。でも、お金の要求はいっさいなし。こっちがタクシー代を渡そうとしただけで、『わたしはそんなつもりで付き合ってるんじゃない！』と怒り出すような女の子でした。だから、上海に来てカノジョを探すときにも、お金目当ての女の子をつかまないように気をつけました」

Aさんのナンパ術は、ひたすら前口上で〝保険〟をかけておくこと、だとか。

「好きだけど結婚はできないよ」「いずれ日本に帰るから、それまでの間、お互いが楽しい友だち同士でいられるような関係を望んでいるんだ」「お金はないから生活の援助はできないよ」……さんざん言い訳をしておいてから、「でも、好きなんだ」。

カラオケスナックのホステスさんを相手にそれを繰り返しているうちに、小玲《シャオリン》というホステスと恋仲になった。

ちなみに、上海のホステスは自分の携帯電話の番号を、初対面の客にでもすぐに教えるのだという。遊び慣れた男たちには「なかなか教えてくれない番号をどうにかして聞き出すのが楽しいのに」といささか不満の声もあるようだが、日本にいた頃は勤勉実直だった〝上海デビュー〟組にしてみると、「俺はモテてる!」と勘違いしてしまうのも、むべなるかな。かくして、性悪なホステスにつかまってしまうと、数多くの男たちが術中にはまってしまい、高額のプレゼントを貢がされたり、オフィスの事務員や秘書として雇ってしまったりのすえに帰国時に多額の慰謝料を請求されてしまったり、結婚を迫られたり……。

Aさんは、さすがにそこまでウブではない。

「女の子の目的がお金なのかパスポート(=結婚)なのかは、最初に見極めておかないとまずいんですよ。最初のデートでいきなりブランドショップに連れて行かれたら、やっぱりヤバい。また、カラオケで浜崎あゆみなど日本の流行《はや》りの歌を歌いまくるタイプもお勧めできません。そういう子は流行を追いかけるタイプなので、『今度日本に帰ったら○○のCDを買ってきて』とせがまれたりして、お金がかかります。また、こっちの家族のことを根ほり葉ほり訊《き》いてくる子は要注意です。こっちの家族にヒビを入れて別れさせよう、という魂胆のある場合もありますから。帰国してしまえばなんとかなる、というのは甘い考えです。上海の女の子は日本まで行くことになんのためらいもありませんから、追いかけられてしまう恐れがありますよ」

Aさんの場合も、小玲さんとの付き合いは、最初は気楽なものだった。彼女の店でのノルマを達成させるために週に何度か同伴出勤はしたものの、あとはデパートに買い物に出かけたり、水族館に行ったり、遊覧船に乗ったり……という付き合いだったのだが、出会ってから半年後、小玲さんが「本気であなたのことを好きになった。結婚したい」と言いだしたのだ。

「必死で説得しましたよ。なんとかそれであきらめてくれたんですが、その代わり、彼女は台湾人の新しい恋人をつくってしまいました。ずっと前から、結婚するなら両親の生活や妹の学資をサポートしてくれるアジア系外国人、と決めていたようです。上海女性のしたたかさというか、たくましさを痛感しました」

小玲さんの心変わりは悲しかったものの、おかげで修羅場にならずにきれいに別れることができた。

とはいえ、〝けじめ〟は必要。小玲さんの勤めていた店のママからも「別れるときはお金で処理するしかないのよ」と言われていたし、一説には「毎月のお手当×付き合った月数」が相場とも言うのだが、Aさんの場合はいかほどだったのか。

「ほんとうにけじめをつけるのなら、十万元（約百五十万円）ぐらいバーンと叩《たた》きつけて『楽しかったな！』と言える甲斐性《かいしょう》が欲しいんですが、そうもいかなくて……結局、一万元（約十五万円）ぐらい渡しました。わたしの知っている女の子は、アメリカ人と三年間付き合って、別れるときに一万ドル請求したそうです」

そんなAさんが贈る、後輩の単身赴任諸氏に向けてのメッセージは、以下のごとし。

「中国人女性と付き合うのなら、真剣に付き合わなければいけないと思いますよ。真剣にというのは、結婚を前提に、という意味ではありません。『自分の行動に責任を持つ』『相手をだまさない』ということです。遊びなら遊びで、誠意を持って、お金できちんと解決すべきでしょう。上海の女性も簡単に日本に来ることができるようになりましたから、旅の恥は掻《か》き捨《す》て、の感覚では通用しませんよ」

お金で解決することが〝誠実〟なのかどうかは意見の分かれるところかもしれない。

それでも、Aさんが小玲さんときれいに別れたことは事実で、彼女と過ごした日々を楽しい思い出として振り返ることができるのは、やはり幸せなのではないか。

そしてシゲマツ、ふと明治文学の名作『舞姫』を思いだした。若き日の森鷗外の異国での恋を描いたこの作品、鷗外は独身だったから厳密な意味での単身赴任ではないが、しかし前近代的な〝家〟を日本に残してドイツへ赴き、帰国後は〝家〟の呪縛《じゅばく》によって恋人エリスを捨てざるを得なかった物語は、近代文学史上初の単身赴任文学と呼んでもいいのではないか（ついでに、赴任先になじめずに帰ってしまった例で言うなら、夏目漱石の『坊っちゃん』も単身赴任文学の系譜に連なる作品である）。

さて、Aさんが警告するとおり、今後は、帰国した単身赴任者を追って日本まで来る上海女性も増えてくるだろう。

第二、第三の『舞姫』は、はたして生まれるのか。なんとなく、女性読者からは総すかんをくらいそうだけどなあ……。

あ、そうだ。

誤解なきよう付け加えておきます。

今回の上海編の取材に応じてくださった皆さんは、いずれもカノジョはつくっていません。むしろ、日本からの出張者のアテンドで「カラオケスナックのホステスを〝お持ち帰り〟したい」というリクエストを出されるたびに、うんざりしている……というのが本音だという。

とはいえ、ここまで上海の〝夜〟の顔を紹介してしまうと、「ダンナが上海転勤になっても、絶対に単身赴任はさせられない！」と覚悟を決めた奥さまもいらっしゃるかもしれない。

いままで見てきたとおり、上海もいまやビジネスだけの街ではない。物価などを考え合わせると、〝昼〟の暮らしやすさは、もはや東京をしのいでいる部分もある。

前の章でも何度かご紹介した『東櫻花苑』の入居状況も、単身者が二百十六世帯（五十五・九パーセント）に対し、家族での入居は百七十世帯（四十四・一パーセント）と、ほぼ拮抗《きっこう》。合計百八十二人いる子どもの内訳を見てみると、乳幼児が四十四人、幼稚園児が六十三人、小学生が五十九人となっている（データは二〇〇二年十月末現在）。「子どもが受験期にさしかかるまでは家族で赴任」という傾向が、数字からもはっきりと読みとれるのだ。

しかし、海外駐在員の奥さまたちの世界といえば、どろどろとした閉鎖社会——というのが通り相場。

取材を進めていく過程でも、「これじゃあ奥さんを連れてくるのはためらうだろうなあ」という話がいくつか耳に入ってきた。上海に限定したものではなく、北京やその他の都市の話も交じっていることを前提に、そのいくつかをご覧《ろう》じろ——。

「日本人学校のレベルはほんとうに高いんです。先生が言うには、日本の学校の倍のペースで授業を進めてもだいじょうぶだ、と。確かに、駐在員の子どもは、バイオリンやピアノや水泳など習い事もたくさんやっているし、英語や中国語も勉強しています。まさにパーフェクトなんですが、そのぶん純粋培養されていて、他人に対する思いやりに欠けているところがあるようです。ウチの息子に『日本人学校で誰がいちばん嫌いなの？』と訊《き》いたら、『好きじゃない子が多すぎてわかんない』と……。それを聞くと、胸が痛みました」

「駐在員社会の序列は、住んでいるところは古株順で、会社ではダンナさんの年齢です。そうなると、ウチは主人のほうが少し年上なので、わたしより年上の奥さまが何人かいても、わたしがいちばん上になってしまうんです。日本から会社のお偉いさんが来るときには『接待をお願いします』と押しつけられて、出過ぎても陰口を言われるし、出なくても言われる……どのへんで自分を納得させるか、なんですよね。完璧《かんぺき》主義でいたら、絶対にキツくなってしまいます」

「赴任のときには古株のひとたちにお土産を持っていかなければなりません。昔は粕漬《かすづ》けのお魚なんかが喜ばれたんですが、いまは中国でも手に入りやすくなったので、ありがたみが薄れてしまい、なにを買っていけばいいのか悩んでいるひともいます」

「駐在員のひとを見ていて不思議なのは、ほんとうに自分の子どもを叱《しか》ることがないんです。悪いことをしても叱らない。菓子折を持って謝りに行けばいい、という感覚なんです。おかしなエリート意識があるんですね」

「海外駐在の初心者は、日本人の多く集まっているマンションや区画がいいと思うんでしょうが、かえってわずらわしいことも多いんですよ。ところが、治安の悪い都市では、どうしてもセキュリティーの充実した日本人向けのマンションに住まざるをえない。このジレンマはありますね」

「ある奥さんから『わたしを誘ってくれないから、三ヵ月も食事が喉《のど》を通らなかった！』と怒鳴り込まれたことがあります。狭く小さな社会ですから、あのひとを誘って、このひとを誘わない、というのが難しい。子どもの誕生会でも、全員を招かないと、あとでなにを言われるかわかりません」

「ウチの隣の商社マンの奥さんは、そんな人間関係に疲れて、ちょっと精神のバランスを崩してしまって……どこに行くにも浴衣《ゆかた》を着ていっちゃうんです」

うーん……。

家族そろっての海外赴任も、決してすべてがバラ色というわけではなさそうだ。

上海でカッコよく生きてる島耕作サン、あなたは幸せですよ。

日本で留守番をしている奥さんもいないし、駐在員の家族の狭い社会で気をつかうこともない。ついでに故郷の年老いた両親の介護の問題だって、物語にはちっとも登場しない。

もちろん、だからこそ島耕作はニッポンのサラリーマンの憧《あこが》れなのだが……日本を発つ前には「上海で自称・島耕作を探してきまーす」なんて笑っていたシゲマツ、帰りの飛行機の中では、何度もため息をついてしまった。

異郷の地で慣れない一人暮らしをつづけるお父さん、生き馬の目を抜く中国ビジネスの最前線で闘うお父さん……そして、海外駐在の理想と現実のギャップに翻弄《ほんろう》されるお母さんたちも含めて……みんな、一所懸命なんだよなあ、と噛《か》みしめた。

上海取材のそもそものきっかけとなった丸紅の堀さんは、取材の最後、ビールのほろ酔いとともに、こう言っていた。

「いずれは、教育関係の仕事もしてみたいなあ、と思ってるんです。中国に長く暮らしていると、日本の状況を外から見ることができます。いまの日本の教育だとまずいんじゃないかというのもわかるんです。そういう複眼の思考が持てるようになったのが、いちばん大きいかな」

日本と中国。

日本人と中国人。

仕事と家族。

上海の過去と現在と未来……。

さまざまな複眼を鍛えつつ、日本人ビジネスマン――今日も、魔都・上海で、元気です。

【第十話】

哀愁酒場をはしご酒の巻

札幌、福岡の酒場に、不況の寒風吹き込んで

まずは、二軒の居酒屋のママさんの、こんな言葉を聞いていただこう。

「もともとウチは居酒屋ではなくて、昼間だけの営業だったんです。七百五十円のランチが、ピークの時期には一日四十五、六食出ていました。でも、拓銀が破綻《はたん》したり山一證券がつぶれたり雪印の問題があったり……と景気が悪くなるにつれて、一日十食ほどしか出なくなりました。七百五十円でも『高いよ』と言われるようになったんです。結局おととしの三月にランチをやめて、夜の営業一本になりました」

「博多にはバブル崩壊がなかった、とよく言われるんですが、ここ三年ほどで客単価はかなり落ちましたね。毎月三回来てくれていたひとが月に二回や一回になったり、といった感じで、お客さんじたいの数も減ってます」

最初のコメントを発したのは、札幌・琴似の『たんこや』の吉田えり子さん（47歳）で、次のコメントの主は、博多・中洲の『口八丁手包丁』の米澤由美子さん（53歳）。

……なんだか、ビジネス誌の記事みたいな書き出しになってしまった。

ほんとうは、札幌vs.博多の〝単身赴任者御用達居酒屋グルメ対決〟といったノリで取材を始めたのだ。ところが、札幌で、博多で、見聞きする話は、どれも不況にまつわる

ものばかり。しかも、そのあおりをまともにくらっているのが単身赴任族だというのだ。

「最近は、自宅に帰る飛行機代も出ない会社が増えてきて、出張などでマイレージを貯めて帰宅するなど、大変みたいですよ。月曜日に東京の本社で会議を開いて、出張扱いで週末は家に帰れるようにしてくれる会社もあるようですが、そうなると皆さん金曜日の夜に東京に帰ってしまうので、週末に呑《の》みに来てくれるひとが減っちゃうんですよ」(米澤さん)

「人員削減や支店の統廃合などが進むと、結局、こっちの負担が増えるんですよ。特に北海道は広いですから、出張するエリアも広くて大変です。あと、私がそうだというわけじゃないんですが、親会社・子会社とあるところは、子会社から親会社に出向する形で単身赴任させられるパターンが増えてきましたね。キツい仕事を子会社の社員が押し付けられてしまうわけです」(『たんこや』の常連の単身赴任者・古賀芳郎さん・50歳)

「博多に来て最初に入った社宅は古くて、出張から帰ってくると畳にダニがうようよいるんですよ。全身がかゆいし、情けないし、寂しさはつのるしで、酒を呑んで涙を流したなんて生まれて初めてです。いまはその社宅は売却されてしまいましたが、それもある意味ではリストラなのかもしれませんね」(『ロ八丁手包丁』の常連の単身赴任者・山田陽一さん・56歳)

うーん……今回は、ちょっと哀愁漂うトーンになってしまいそうだ。

なにしろ、札幌と博多といえば、サラリーマンにとって憧《あこが》れの街。『博多学』（岩中祥史著・新潮社）で紹介されているデータを孫引きさせてもらうと——日経産業消費研究所が全国のビジネスマンを対象におこなった調査では、「住みよかった所」の第一位が福岡市で、第四位が札幌市。「住むのを希望する所」は札幌市が第一位になり、福岡市は第二位。また、雑誌『THE21』（PHP研究所）一九九四年三月号の「サラリーマンの好きな都市ランキング」でも、第一位が札幌市で、第二位が福岡市。

そんな札幌と博多にすら、不況の寒風は吹きすさんでいるのだった。

だが——だからこそ、家族と離れて暮らす単身赴任者にとって、行きつけの店で過ごすひとときは、なにものにも替えがたいはずなのだ。

カウンターの客全員が単身赴任者という夜も

「タンスの中に長い間しまわれていて『タンスの肥やし』になってる服があるでしょう？　そういう服をたまに着てみるように、ウチの店のこともたまに思いだして来てもらえればいいな、という気持ちを込めて名付けたんです」

吉田さんが語る『たんこや』のオープンは、一九九七年。もっとも、当時は単身赴任の常連客はいなかった。

「琴似は札幌の中心街から近いので、単身赴任や独身者が多い街なんですが、単身赴任のお客さんが増えてきたのは、二年前にカウンター席をつくってからですね。いまにして思えば、テーブル席しかなかった頃の店には入りづらかったのかもしれません」

ああ、その気持ち、なんとなくわかるなぁ……。

現在、ほぼ毎晩のように通い詰めている単身赴任の常連客は四人。カウンターに鎮座する金色の招き猫は、そのなかの一人、前出の古賀さんからのプレゼントだ。

「あるとき、なにげなく『こんなに不景気だから、店がいつまでつづくかわからない』と言ったら、古賀さんが『「たんこや保存会」をつくろう！』と言いだして、一人で会長になっちゃったんです。金色の招き猫を持ってきてくれた夜は珍しく満席になったので、古賀さんは『招き猫の御利益《ごりやく》だ』と得意そうだったんですけど……」

吉田さんは苦笑交じりに、本音を付け加える。

「招き猫よりも、会社の同僚を連れてきてくれたほうが店は助かるんですが、古賀さんも他の単身赴任の皆さんも、むしろ会社のひとは連れてきたくないみたいなんです。素《す》の自分を見せたくないということかもしれませんね」

同じ話は博多の『口八丁手包丁』の米澤さんの口からも出た。

「ウチの常連さんのうち三割ぐらいが単身赴任のひとなんですが、ふと気がついたらカウンターのお客さん全員が単身赴任だったということもあります。でも、皆さん、職場のひとと来ることはほとんどありませんね。会社の延長という感じではないんです。特に博多に単身赴任しているひとには営業のひとが多いでしょう。接待では仕方なくお酒を呑んでいても、ウチでは食事だけ、という方もいるんです」

まさに我が家の代わり——と単純に納得しかけたぼくに、米澤さん、やんわりと釘《くぎ》を刺すようにつづけた。

「常連さんには、月に三回以上は来ないように言ってるんです。毎日のように来られちゃうと、会話がどうしてもプライベートなところに踏み込んじゃうでしょう。そうなると、『私はあんたの奥さんじゃないんだから』と言いたくなっちゃうじゃないですか」

そこまで厳しいルールを設けていない『たんこや』でも、吉田さんが多少あきれ気味に言う。

「単身赴任のひとは、皆さん、子どもっぽいというか、甘ったれですよね。ウチに来て、わたしにぽんぽん言われるのが嬉《うれ》しいみたいなんですよ。まあ、家に帰っても一人きりだから、寂しいということもあるんでしょうけど……。ときどき『シチューを作ってくれ』なんていうリクエストもあるんです。カレーは外で食べられても、シチューを出すお店は意外と少ないんですね。でも、作った日にかぎって、お店に来ないんだから」

さらに、今度は米澤さん、「昔の話ですが」と前置きして、こんなことも教えてくれた。

「単身赴任したての頃はけっこう来てくれていたのに、急にぱったりと姿を見せなくなったお客さんがいたんです。そのひとが数ヵ月ぶりに、『ひさしぶり、女房を連れてきたよ』と入ってきたんです。博多を訪ねてきた奥さんに『いつもこういう（お色気抜きの）店で呑んでるんだよ』とアピールしたかったみたいですね。奥さんは安心して帰ったんですが、浮気のアリバイ作りかな、とも思いました」

と、まるでそれを聞いていたかのように、吉田さんも――。

「奥さんが札幌に来ると、皆さん、ウチに連れてきますね。あるひとなんか、ウチで奥さんと二人で軽く呑んでから、別の行きつけのスナックに出かけたんですが、あとで奥さんに『あのスナックに行ってはダメ』と言われたそうです。その意味では、ウチは奥さん公認の、安心できる店ということなんでしょうね」

遠く離れた博多と札幌――二人のママさんも、もちろん面識はない。誘導質問をしたつもりもない。なのに、お二人の話は、まるで掛け合いのようにきれいに呼応する。

いや、話だけではない。

「私の〝本業〟は居酒屋じゃなくて、藍染《あいぞ》めなんです。このお店も、もともとは藍染め教室の工房兼ギャラリーとして借りていたのを、『お昼を食べながら作品を見るギャラリーもあっていいんじゃないか』『だったら夜もお酒を出してくれればいいのに』という周囲の声に流されて、お店を始めたんです。だから、ほんとうは客商売は苦手なんですよね」（吉田さん）

「再来年、五十五歳の誕生日を迎えたら、私も定年です。五十五歳ならまだ次になにかができる体力も残っているはずなので、ポルトガルに永住しようと思っています。いまも仕事の合間を縫ってポルトガル語のレッスンに通っているんです」（米澤さん）

お二人にとって居酒屋はあくまでも〝仮の宿〟なのかもしれない。それはまさに、単身赴任者の札幌や博多での暮らしとも重なり合う。二軒の店に単身赴任者が惹《ひ》かれるのは、お酒や料理に加えて、それぞれのママさんの醸《かも》し出《だ》す〝人生の旅人〟の雰囲気が、心の琴線に触れるためなのかも……。

店内で父が娘に「オレはリストラされる」と……

さて、単身赴任者の夜は長い。フレンチ出身の板さんが腕をふるう『たんこや』や、京料理を学んだ米澤さんの日替わりの鉢物料理を堪能できる『口八丁手包丁』でおなかを満たし、ほろ酔いかげんになったら、文章もはしご酒と参ろうか。

二軒目は、さっきの話をもじれば〝奥さんがちょっと不安を抱きそうな店〟――博多

任者だという。

の住宅街にあるスナック『花ごろも』へ。

十四人で満席になるこぢんまりした『花ごろも』は、博多の単身赴任者用マンションの草分け的存在『ＶＩＰ薬院』のすぐ近所ということもあって、常連客の三割が単身赴任者だという。

ママさんの塚原由美子さん（37歳）は、常連の単身赴任者の某氏（59歳）に言わせると、「男にエネルギーを与えてくれるひと」——「たとえば、明日の予定を訊《き》いて、『これ以上呑まずに、今夜は早く帰りなさい』と言ってくれる。それがなんとも嬉しいんだよねえ」と付け加えるあたり、『たんこや』の吉田さんの言うとおり、単身赴任者は甘えん坊が多いのかもしれない。

もっとも、某氏はさらにつづけて、こんなこともおっしゃる。

「単身赴任者は一人で来る客が多いというけど、私は絶対に二人以上で来ますよ。一人で呑んでて、ママに気をつかわせるのが嫌なんだよね」

還暦間近のおじさんにそう言わせるだけあって、塚原さんは、なるほど確かに美人ママ。夜ごと胸ときめかせて通い詰める単身赴任者もいるのではないか、と艶《つや》っぽい話も期待したいところなのだが……店に居合わせた地元の女性客は、懐かしそうな表情で言った。

「昔は、『ＶＩＰ薬院』の前には毎朝、黒塗りのハイヤーや社用車が迎えに来ていたんですよ。この店の前の通りも、昔は〝愛人通り〟なんて呼ばれていたんです」

昔は――が付いてしまうのだ。

塚原さんも、「最近売り上げは落ちていますね。会社の経費で落とせなくなって、みんな自腹になりましたから、お客さんも大変だと思います」と言う。

そして、ある常連客の話を、ぽつりと――。

「そのお客さんも単身赴任だったんですが、ある夜、娘さんを連れてお店に来たんです。他のお客さんはいなかったんですが、カウンターに二人並んで座って、お父さんが娘さんに向かって『おまえに言っておかなきゃいけないことがあるんだ』と静かに話しはじめたんです。『たぶん、お父さんはリストラに遭《あ》うだろう。おまえはしっかり仕事をしてくれ』と……。単身赴任までしてがんばってきたのにリストラですから、ほんとうに、皆さん、大変ですよね……」

やはり、やるせない哀愁は、今回の記事からは消し去れないようだ。

少々落ち込みかげんに、文章のはしご酒は三軒目――「フレッシュフルーツを使った本格的なカクテルが呑める屋台」として、博多のみならず全国的に有名な『えびちゃん』へ。

「単身赴任のお客さんは二、三割でしょうか。単身赴任の方からは、やはり人恋しさを感じますね。『話し相手が欲しい』とつぶやくひともいるんです」

蝶《ちょう》ネクタイを締めたマスターの海老名昭夫さん（61歳）にお話をうかがっていると、思わぬ展開になった。女性を連れて屋台に入ってきた中年のお客さんが、じつは博多最後の夜を過ごしていた単身赴任者だったのだ。

博多で過ごす最後の夜、鶏の水炊きを妻とつつき

「今日、引っ越しの荷物を出したんですよ。最後の夜は会社の若い女の子を連れて呑みたかったたんだけど、荷造りの手伝いに来た女房と二人で呑むことになっちゃいました」とご機嫌で笑うのは、日本化薬株式会社に勤める松本米造さん（56歳）。福岡事務所の所長として四年三ヵ月におよぶ単身赴任生活を終えて、明日、自宅のある東京に帰る。

「単身赴任の期間はふつうなら三年なのに一年以上も延びちゃって、人事部長に『冗談じゃない！』と文句を言いましたよ。しかも、本社に戻るのではなくて、関連会社に出向なんです。異動のタイミングも、その関連会社の決算の時期に合わせられたので、こっちでの仕事は中途半端なところで終わっちゃって……悔いが残りますね」

口では愚痴りながらも、松本さんの表情は笑顔のままだった。

なぜ？

単身赴任生活が終わる喜び——だけではなかった。

博多で過ごした四年余りの日々の思い出を嚙《か》みしめるように、松本さんはつづけたのだ。

「博多では南区の野間というところに住んでいたんですが、近所にいい小料理屋さんがあったんです。常連さんは地元のひとばかりだったんですが、皆さんにとてもよくしてもらって、楽しい時を過ごせました。今夜も、ここに来る前に博多名物の鶏の水炊きを女房と二人で食べてきたんですが、『単身赴任が今夜で終わるんだ』と言うと、お店のひとが特別に一品出してくれたんです」

ぼくに語りかける松本さんの隣では、奥さんもにこにこと微笑んで夫の話に相槌《あいづち》を打っている。

もしかしたら、松本さん、突然の取材に答えるのを口実にして、ほんとうは誰よりも奥さんに「俺はこの街でがんばってきたんだ。博多はこんなにいい街だったんだ」と伝えたかったのかも、しれない。

海老名さんに向き直って、松本さんが言った。

「東京に戻っても、年に何度かは博多出張もあるだろうし、そうしたらまた吞みに来ますよ」

海老名さんは「ありがとうございます」と頰《ほお》をゆるめ、ぼくを振り向いて「そんなふうにおっしゃっていただけるのがいちばん嬉しいんですよねえ」と大きくうなずく。

同じようなやり取りは、『たんこや』や『口八丁手包丁』や『花ごろも』でも異動のシーズンごとに見られるはずだ。そして、「前任の○○さんに教えられて来ました」と新たな単身赴任者が常連となっていくのだろう。

いいぞ、と思う。

時代の風はあいかわらず寒々しくても、単身赴任者の懐《ふところ》事情が厳しくなり、中洲やすすきのに閑古鳥の鳴く夜が増えていても、行きつけの店のカウンター越しにつながりあうなにかの力を信じたい、とも思う。

それを信じることこそが、単身赴任者をめぐる旅をつづけてきた意味だったんじゃないか……。

ぼくは、集まり散じる単身赴任者の姿に、転校つづきだった少年時代の自分を重ねた。「よそ者」の少年を笑顔で迎え入れて笑顔で見送ってくれた、懐かしい街の懐かしいひとたちのことを、ひさしぶりに思いだした。

松本さんの問わず語りの思い出話はつづく。話す松本さんも、聞く海老名さんも、笑みはますます深くなる。

だから、マスター、ぼくにもジンリッキーをもう一杯……どうやらシゲマツ、文章のはしご酒の酔いが回ってしまったようである。

そして、いま……

札幌の『たんこや』に近況お伺いの電話を入れると、返ってきたのは――「いろいろ変わりましたよ」と、ちょっとお疲れ気味の吉田さんの声だった。

「取材に来ていただいた少しあとに、板前さんに辞めてもらったんです。ウチも不景気で、いつまでお店がもつかわからないから、『できるなら、別の仕事を探したほうがいいわよ』と……。その後はわたしが一人で切り盛りしています。この不景気だと、夜のお酒だけでは売り上げも伸びないので、昼間も和風茶房として営業することにしました。お汁粉《しるこ》とかお抹茶《まっちゃ》をメニューに加え、お店の外装や内装にも手を入れて、女性客を狙《ねら》ったつくりにしました。それから、夜も定食を出すようにして、定食屋兼居酒屋という感じでやってます」

もともと居酒屋の営業には乗り気ではなかった吉田さんだが、孤軍奮闘、昼夜を分かたず働いて……「体重が二十キロぐらい落ちましたよ」と笑うのだ。

単身赴任をめぐる旅は、基本的にサラリーマンの哀歓をたどる旅でもあった。長引く不況の深刻さを目の当《まあ》たりにしてしまうことも少なくなかったが、『たんこや』のように、サラリーマンが自腹で通う店は、まさに不況の波に直撃されている。

うーん……。

ふくよかだった吉田さんが体重二十キロ減とは……。

新聞の経済面やテレビのビジネスニュースよりも遥《はる》かにリアルに不況を実感したシゲマツ、ひるがえって、ふと思った。

常連客の皆さんは、なにをしてるんだ。

特に『たんこや保存会』までつくった古賀さん、いまこそ、あなたが毎晩毎晩通い詰めるときではないのか――。

ところが。

「じつはねえ、古賀さんは今年の四月に異動で東京に転勤しちゃったんですよ。四人いた単身赴任の常連客の中からは、もう一人、新聞社のひとも転勤しちゃって……。残り二人も、去年の暮れから今年の初めにかけて、胃潰瘍《いかいよう》で入院したり、不倫騒動が勃発《ぼっぱつ》したり、ほんとうにいろいろあったんです」

古賀さんから紹介を受けて通いだした後任のひとをはじめ、いまはまた数名の単身赴任者が常連になっているらしいが、その彼らも、いつまで札幌で暮らすのかはわからない。これもまた、単身赴任者相手の居酒屋の難しさ、だろう。

それでも、吉田さんは言った。

「古賀さんからは、いまでもときどき電話が来ますよ。寂しいときなんかにね。今度、古賀さんたち東京に帰ってしまったひとも一緒に、みんなで温泉旅行に行くことにしてるんです。そういう意味では、お付き合いしていた時間は短くても、結びつきは深いのかもしれませんね」

金色の招き猫は、もしかしたら、古賀さんが「俺が転勤したあとも呼んでくれよ」との思いを込めてプレゼントしたものだったのかもしれない。

【第十一話】ああ、単身赴任の妻たちの巻

一家で実践してきた〝新しい親子団欒〟とは

「単身赴任」とは、あらためて考えてみると、ずいぶん一面的な言葉じゃないか？

「単身」で「赴任」する——あくまでも我が家を出ていく側、働く女性や子どもを持たない夫婦のブーイングを覚悟して言い切ってしまえば、父親の視点だ。それも、発想の足場を仕事に置いた、いわば高度経済成長期的な価値観に基づく言葉である。

その一方で、父親が単身赴任したあとの家庭を名付ける言葉は、なにもない。父親が背負う仕事と家庭のバランスのいびつさは、たとえばこんなささやかなところにも見え隠れしているのだ。

忘れてはならない。

単身赴任は、一つの家庭から二つの暮らしを生む。

赴任先で一人暮らしをする父親と、父親のいない食卓を囲む家族——。

この章では、後者にスポットを当ててみる。〝お父さんの席〟がぽっかりと空いてしまった食卓で、妻と子どもたちはなにを語り、なにを思い、どんな寂しさを感じているのか。

最初にご登場いただくのは、東京都にお住まいの三室一也さん（42歳）のご一家——

教育や家族に関心のあるひとなら、この名前を目にしたとき、「おや？」と思ったのではあるまいか。『親と子の［よのなか］科』（ちくま新書）という本がある。リクルートをへて東京都初の民間出身の公立中学の校長となった藤原和博氏が主宰する『よのなかｎｅｔ』に、三室さんがハンドルネーム〈ミムラー〉を名乗って自らの親子の対話の様子を投稿したことから生まれた、藤原・三室両氏の共著の一冊である。

三室さんは、子どもたち（中一の息子と小五の娘）と、夕食時にしばしば「なんでパソコンのキーの配列はアイウエオ順じゃないの？」「どうして傘の修理のお店があまりないのか、わかる？」「会社はどうやってお金を貯めるの？」……といった問答を交わす。質問の答えがまた新たな問いを生むこともあるし、即答できない問いもある。三室さんは子どもたちへの問いかけを通じて社会の仕組みを伝え、逆に子どもたちから難しい質問を受けたときには文献やインターネットで懸命に答えを探る。

藤原和博氏は、同書の前書きで三室さん一家をこう評している。

〈「問いかけ」「問いかけられる」総合的な学習の時間〝家庭版〟ともいうべきものを、ずっと続けている家族がある。／それが、この本で紹介する〝ミムラー家〟の食卓だ〉〈わたしはここに、新しい「親子団欒《だんらん》」のスタイルを見る。／「問いかけ」「問いかけられる」親子。けっして、親が子に一方的に教える姿ではない〉

さらに藤原氏は〝ミムラー家〟絶賛の言葉をつづける。

〈分からなかったとき悔しそうな父の横顔、内緒で一所懸命調べている父の後ろ姿、たまに息子や娘の問いに答えられて胸を張る父の笑顔、そんなことを記憶の断片に残してあげることができれば、もしかしたら、それは、子供たちの未来への最高のプレゼントになるのかもしれません〉

まさに理想の父親、あらまほしき親子関係である。三室さんと同世代で子どもの年齢も似かよっているシゲマツ、我が身を振り返って自己嫌悪に陥るばかりなのだが……運命というのは、時にずいぶん意地悪で皮肉な巡り合わせを用意するものである。

二〇〇二年五月に刊行された『親と子の［よのなか］科』が話題を呼んでいる頃、肝心の〝ミムラー家〟の食卓に、三室さんの姿はなかった。商工中金に勤める三室さん、昨年三月の人事異動で岡山支店勤務となり、単身赴任していたのだった。

「私は家族揃《そろ》って岡山に行ってもいいと思っていたんですが、主人は、上の子がちょうど中学に入るときだったので、最初から単身赴任と決めていたようです」

留守宅を預かる奥さんの美由紀さん（41歳）は、さすがに寂しそうだ。

赴任前には「月に一度は東京に帰るようにするから」と約束していた三室さんだが、現実には仕事が忙しく、二、三ヵ月に一度の帰宅となってしまう。

「私たちは夫婦の会話も多かったんです。主人が遅く帰ってきても、三十分でも時間があれば話をしていました。少年事件が起きると、自分の子だって例外じゃないということで、二人で危機感を持って話し合ったり……。だから、やっぱりいまはすごく寂しいです」

毎朝六時半、赴任先の夫に電話をかける

子どもとの関係でも、存在感の大きかった三室さんの不在は、そのまま美由紀さんへのプレッシャーになってしまう。

「子どもたちと話をしていても、主人のように問いかけたり答えたりというのがうまくできませんから、『お父さんだったらなあ』って言われちゃうんですよ。子どもたちもお父さんがいないと伸びのびしすぎちゃって、私がちょっと言ったくらいじゃ聞かないんですよ」

美由紀さん、「ナメられてるみたいなんですよね」と苦笑する。

もっとも、それは裏返せば〝お父さんが家にいること〟の意味がちゃんとある、という証左だろう。単身赴任後も奥さんから「なにも変わりませんねえ」と言われてしまうのは、ダンナとして、あまりにも寂しい話ではないか。

美由紀さんは「主人が一緒にいないからこそ、家族の絆《きずな》を強めていこうと思ってるんです」と、取材中に何度か繰り返した。

　パソコンのキーボードを打つのが不慣れだという美由紀さんにとって、最も身近な三室さんとのコミュニケーションの手段は、電話だ。

「毎朝六時半に、『今日も無事かな？』と確かめるのも兼ねて、モーニングコールをするんです。あとは週末の夜に主人から電話をかけてきて、子どもたちと話しています。お兄ちゃんのほうは男の子ですから『うん、うん』とそっけない返事しかしないんですが、妹のほうとは話がはずんでますね」

　さて、ここで――美由紀さんに質問をしてみた。

「もしもお子さんが病気やケガで病院に運ばれるようなことになったら、すぐに岡山へ電話を入れますか？　それとも『心配させたくないから』と黙っておきますか？」

　じつは、この質問の発想には、元ネタがある。

　宮城県から東京に単身赴任中の通信関連会社勤務の梅田秀夫さん（40歳）と静江さん（39歳）夫妻を取材中、こんな話を聞いた。

　小学四年生、小学三年生、幼稚園の三人の子どもを残して、二〇〇一年九月から一人暮らしの秀夫さん、「単身赴任でいちばんつらいことは？」の問いに、即座に答えた。

「それはもう、家族に会えないことですよ。以前はどんなに遅く帰ってきても寝顔は毎日見ることができたのに、いまは見られない。ほんとうにつらいですよ……」

　そんな秀夫さんが、あるとき、東京から帰宅すると、静江さんに対して烈火のごとく怒った——という。

「子どもが高熱を出して寝込んだんです。それを家に帰って初めて知らされて、『なんですぐに連絡しないんだ！』と怒ったんですよ」

一方、静江さんは「そんなことあったっけ？」とケロッとした顔で笑う。

「あのとき、私としては全然心配してなかったんですよ。子どもは風邪をひいたら高い熱が出るものだし、一人が風邪をひけば残り二人も順番のように次々に熱を出すので、連絡するほどのことではないと思っていたんです。でも、離れている主人の気持ちを考えると、なにも言わなかったのはまずかったな、と反省しました。いまは、ちょっとでもなにかあったら知らせるようにしています」

もっとも、静江さんにも言いたいことがあるらしい。

「今年一月に、主人がインフルエンザで会社を二日休んだらしいんですが、私にはなんの連絡もありませんでした。木曜日と金曜日に寝込んだのに、日曜日に電話をかけても、そのことを一言も言わなかったんです。結局、ほとんど快復してから『じつは……』という感じでメールで報告してきたんですが、あのときは『えーっ、なんで言ってくれないのよ』と腹が立ちましたね。風邪をひいて会社を休むなんてめったにないひとだし、ましてや二日間も寝込むなんて記憶にないことだったから、ほんとうに心配になりましたよ」

遠い街で一人暮らしをしている夫によけいな心配をかけたくない、と妻は思う。夫は夫で、留守宅を守る妻によけいな心配をかけたくない、と思う。

お互いを思いやる心の根っこがしっかりつながっているからこその、すれ違い。なんだかオー・ヘンリーの『賢者の贈り物』を彷彿《ほうふつ》とさせるエピソードではありませんか。

夫は家族にもらった手紙の束を取り出した

というわけで、〝ミムラー家〟の美由紀さんは、さて、どうする――？

少し考えてから返ってきた答えは、こうだった。

「私の場合は、たぶん言うと思います。主人もいつも『元気？　みんな元気？』と訊《き》いてきますので、そのときに『じつは、こういうケガをして……』と言って、最後に『心配しないで、また連絡するから』と伝えるでしょうね」

もっとも、美由紀さん、連絡のときには「なるべく、いいことを言う」を心がけているのだとか。子どもの近況でも、なにごともプラス評価で三室さんに伝える。

「そうすると、主人も子どもに対していいイメージでいられますから、電話に子どもが出たときにも、まず『ああ、がんばってるなあ』と言えますよね。子どももお父さんに褒《ほ》められると嬉《うれ》しいはずですし」

演出や脚色——という言葉をつかうと、ちょっと誤解されてしまいそうなのだが、美由紀さんのこの姿勢、さまざまなコミュニケーションの場面で応用できそうだ。なんというか、遠く離れた二組のオーケストラを同時に奏でさせる指揮者、の雰囲気なのである。

そういえば、『親と子の「よのなか」科』でも、藤原和博氏は三室さんに言っていた。

〈ときどき、奥さんがいい感じで茶々を入れてますよねえ。むしろ、ミムラーさんご自身より、貢献度が高いんじゃあないかと〉

こうなったら、もうちょっと突っ込んで、美由紀さんのマエストロぶりをうかがってみようか。

「三室さんが孤独感を味わわないよう、なにかフォローやバックアップをしていることはありますか」

美由紀さんいわく、「誕生日や勤労感謝の日などの節目節目には、わりとグッとくるような手紙を書いてます。『お父さん、がんばってね』のメッセージで、どうにか寂しさを乗り切ってほしいな、と思うんです」。

と——ここで、「妻一人で取材を受けるのは荷が重いだろうから」と週末を利用して岡山から帰宅した三室さんが、にこにこ笑いながら「こんなものを送ってくるんですよ」と手紙の束を見せてくれた。

以下、美由紀さんの手紙から抜粋させてもらおう。

〈Ｍｅｒｒｙ　Ｃｈｒｉｓｔｍａｓ！　離れていても4人はいつも一緒。心はひとつ。お互いに愛し合い、信じ合い、励まし合える家族でいたいね。このカードで、きっと今、世界で一番幸せ者になっていることでしょう！〉

〈一也さん　お誕生日おめでとう！　いつも私達のために一生懸命に働いてくれてありがとうございます。／東京と岡山と家族四人が各々を思いやり頑張りましょう。この体験も我が家にとって大切な思い出となり、新しい発見となり、ますます家族の絆が深く強くなるための機会と思いたいです〉

〈一也お父さんへ　いつもありがとう。単身でいろいろと大変でしょうけれど、東京に残っている美人妻とかわいい子供達が、常に明るく楽しく暮らせるように岡山で稼いだ汗と涙の結晶のお金を送り続ける努力に対して、三人から心より感謝をしたいと思います（シゲマツ注・勤労感謝の日の手紙である）。これからもどんどん送ってください。限度枠はまだまだ余裕がありますので。こんなことを書いていると信じてもらえないかも知れませんが、本当に感謝の気持ちで一杯なのです〉

保証します。

プロの物書きの端くれとして、シゲマツ、断言してもいい。

一人暮らしの殺風景な部屋でこういう手紙を読んだら……そりゃあもう、染みますよ、心に。寂しさが消えて、胸の奥がポッと温もりますよ。

それになにより、手紙というのが心憎い。夫婦の思いを伝えるのに書き言葉を選んでくれたことが、物書きとして、シゲマツ、心底嬉しいのだ。

夫婦二人、新しい街で暮らすのもいい、と……

そういえば前出の梅田さん夫妻にも、こんな話がある。

「おととしの五月に結婚十周年の記念日を迎えたんですが、ちょうど単身赴任の引っ越しのバタバタで、スイートテン・ダイヤモンドどころか、なにも贈れなかったんです。でも、忘れているわけではないですから、『もうちょっと待ってて』と妻に伝えてもらえませんか」

梅田さんはそう言うのだが、静江さんの受け止め方は違う。

「その日は、主人からメールが来たんですよ。結婚記念日なんて覚えていないと思っていたので、受け取ったときはすごく嬉しかったです。しかも、口ではふだん言ってくれないようなことが書いてあったので、しばらくメールを保存しておいたぐらいです。もうそれで十分だと思っていたんですが……じゃあ、期待してますね」

手紙でもメールでも、書き言葉のどこがいちばんいいのか。

読み返せるから――なのだ。

落ち込んでいるときに、愛するひとからのメッセージを読み返す。元気になる。明日もがんばろうと思う。うん、いいぞ。うらやましいぞ。ちょっと悔しいぞ。

悔しまぎれに、岡山への赴任期間は二年から三年だという三室さんに、「次の異動も地方勤務になったら、どうします？」と縁起でもないことを訊いてみた。

すると、三室さん、「子どもたちさえよかったら……」と言った。

つづく言葉は「家族みんなで引っ越し」――ではなかった。

「妻と二人で新しい街に行くのもいいですけどねえ」

それを聞いて、はにかんだ顔で笑う美由紀さんだが……すみません、今回の記事の主役はダンナではなくて奥さんのほうです。

取材の最後に、美由紀さんにお願いして、ふだんのように三室さんへの電話をかけるポーズをとってもらった。

美由紀さん、電話台の前にちょこんと正座をした。

「えーっ？　正座なんかしてるのぉ？」

三室さんは目を大きく見開いて、言った。「俺は床に寝転がって電話してるんだけど……」と申し訳なさそうに打ち明けて、「いやぁ、まいったなあ、電話じゃそういうのは見えませんからねえ……まいったなあ、まいったなあ……」と繰り返す。

家族を結ぶマエストロ・美由紀さん、週末を過ごしたらまた岡山へ帰ってしまう三室さんに、新たな元気を注ぎ込んでくれたようである。

そして、最後に。

美由紀さんが取材前に三室さんに送った手紙の一節をご紹介しておこう。

〈今度は来週の土曜日に会えますね。何と取材の日です。またまた緊張してきました。／やってみれば必ず何かのプラスになるだろうし、一也さんや子供達にも今回の私の姿が何らかの形で記憶にとどまり、皆のプラスになるようなものになればいいなあと思います。／今もまだ雑誌に掲載されるなんてウソみたいです。せめて、読む方に少しでも役に立てるようなものにしたいと思い、頑張ろうと思います〉

読者諸兄への元気のお裾《すそ》分《わ》け、いかがだったでしょうか――？

そして、いま……

記事が掲載されてからしばらくたった頃、取材を担当したY記者のもとへ梅田さんからメールが送られてきた。

〈一触即発、そろそろ退職願いをしたためようかなと考えています。今度は本当の本気（笑）〉

穏やかならぬメール——じつは梅田さん、仕事で超大型のプロジェクトを手がけていたのだが、仕事が難航し、上司とも衝突が絶えなかったのだ（そんな状況で取材に応じてくださったことに、あらためて多謝）。

さらに後日、こんなメールも届いた。

〈Uターンの希望（というか、いつ帰してくれるのか明確にして欲しい旨）を上司の部長に申し出ました。／現業務がバタついており、部長が更にその上司である事業部長への報告を怠っているため、来週早々私の口から直接事業部長に相談する予定です。「Uターン時期を明確にしてくれないなら、退職も視野に入れて考えます」と。／でも、「あと五年」とか言われても、それはそれで困りますが〉

そして、三通目のメール。

〈昨日、事業部長と面談しました。／これまで会社から戻れる時期について何も話がなかった件、義父が昨年倒れ、身の回りの世話で家内の心労が募っている件、退職した場合、収入が半減する旨、家内に了承をとっている件、でも今は辞めたくない旨などを話しました。／で、結論は「早ければ今年九月、遅くても来年四月を目処《めど》に東北に戻れる

ように調整する」ことになりました。／実現するかどうかは別として、とりあえず「糧《かて》」ができました〉

退職の覚悟を胸に、上司に直談判《じかだんぱん》する――その覚悟の深さを、わかったふりはしたくない。ぼくは上司も部下もなく、異動もない、自由業の読み物作家である。

だが、梅田さんの最後のメールにあった「糧」という言葉は、ぼくの胸にも染みた。生き甲斐《いがい》、と言い換えようか。

励み、支え、夢……そんな言葉にも置き換えることができるだろう。

サラリーマンであろうと、自由業者であろうと、あるいは主婦であろうと、リタイアした老人であろうと、少年や少女であろうと……「糧」は、すべてのひとに必要なものなのかもしれない。世の中ぜんたいが、それを失いつつある時代だからこそ。

もうお一人、三室さんの近況もお伝えしておく。

二〇〇三年七月終わり、藤原和博氏の『よのなかｎｅｔ』の掲示板に、〈ミムラー〉氏の書き込みが載った。

八月から東京に戻る、という。梅田さんとは逆に、予想よりも早く単身赴任生活が終わったわけだ。

ひさしぶりに再開される〝食卓の授業〟は、どんな感じになるのだろう。

一年数ヵ月の単身赴任の日々が、三室さんと子どもたちの会話に、どんな深みを与えてくれるだろう。

「どうしてニッポンには単身赴任するお父さんが多いの？」

そんな問いかけが子どもたちから発せられたら、三室さん、そしてこの本にご登場いただいたすべてのお父さん、さて、どんなふうに答えるのだろう……。

【第十二話】

浮気か本気か「単身不倫」の巻

相手は人妻。その夫も単身赴任中だった

単身赴任者を訪ねる旅も、いよいよ最終章である。旅の掉尾《とうび》を飾るテーマは、単身赴任中の不倫——略して、単身不倫。

登場していただく当人にとっては相当にヤバいテーマではある。そのリスクを冒《おか》して取材に応じてくださった二氏に、心からの感謝を捧《ささ》げたい。そして、かくなる事情によりすべて仮名でのご紹介になることを、ご容赦——。

さて、最初にご登場いただくのは、今宮研二さん。金融関係の大手企業に勤める五十五歳。団塊の世代ど真ん中の企業戦士である。

「単身赴任は、十五年前に秋田県に四年間、七年前に北九州の小倉に二年間の。つごう二回、六年間になります」

その長い単身赴任生活を、今宮さん、こんな言葉で総括する。

「単身赴任は、夢だった一人暮らしを手に入れた喜びでいっぱいの生活でした。なにものにも束縛されないというのがいいじゃないですか」

結婚するまでは親と同居だった今宮さんにとっては、不惑の年に初体験した単身赴任は、遅ればせながらの青春——といったところだった。

そして、青春には、やはり色恋が付き物。

今宮さんの単身赴任生活も、その例外ではなかった。

「たまたま、三十歳の頃に付き合っていた恵理子という女性と再会したんですよ」

え？　三十歳？　シゲマツの手元のデータによると、今宮さん、二十代前半に結婚しているのだが……。

「女房が長男を出産したとき、しばらく実家に帰っていたんですよ。その間に、たまたま入ったスナックの女の子と仲良くなっちゃって。それが恵理子です」

含み笑いで言って、「でも、そのときはきれいに終わったんですよ」とつづける。

故・河島英五に似た顔立ち、長身痩軀《そうく》の風貌《ふうぼう》は、なるほど、いかにも女性にモテそうなのだが、しかし、東京で付き合っていた恵理子さんと、なぜ秋田で再会したのだろう。

「じつは、偶然なんですが、彼女は秋田の出身で、私と付き合ったあと、地元の男性と結婚して秋田に帰って、ブティックを開いたんです。その店の名前もたまたま聞いていたので、秋田に単身赴任した初日にお店を訪ねていって、向こうも懐かしがってくれて、それで、まあ、付き合いが復活した、と……」

今宮さん、「たまたま」「偶然」という言葉を口癖のように（それとも免罪符のように、だろうか？）つかい、再会までの十年間の空白期間についても、「いや、まあ、何度か会ったことはあったかな」と笑うのである。

しかし——恵理子さんは、すでに人妻。W不倫である。

「これがね、ほんとうにたまたまなんですけど、彼女の夫も仙台に単身赴任中で、週末しか帰ってこないという状況だったんです」

W単身赴任のW不倫——。

今宮さんの告白はつづく。

「都会とは違って狭い町ですから、恵理子と会うときは、会社から離れていて同僚が絶対に呑《の》みに来ないような店で一緒に飲んでいました。彼女が私のマンションに来て食事を作ってくれたりしたことはありましたが、泊めたことはありません。逆に私が恵理子のマンションに泊まったことも一度もありませんでした。

というのも、毎朝欠かさず女房からモーニングコールが入るんです。当時は携帯電話も普及していませんでしたから、家にいないと電話に出られないわけです」

単身赴任先の同僚と呑みに行くときは女っ気抜き。「会社の人間たちは私のことを女性関係についてはすごい真面目な男だと思っていたでしょうね」と笑う。

「外泊はしない」というルールは厳格に守った

二人の関係は、単身赴任の終わりとともに幕を閉じた。

「秋田を離れる前夜は、引っ越しも終えていたので、ホテルを予約したんです。それで、彼女とお別れのはしご酒……。彼女も外泊はできないので、朝の三時頃まで一緒に過ごして、『もしもまた会えたら仲良くしようね』と言って別れました。それ以来ほんとうに一度も会ってないんですよ。無理に会いたいとも思わないし。今後のことはわかりませんが、あの日々はお互いに楽しい思い出になっていると思います」

だが、そもそも単身赴任初日に今宮さんが恵理子さんを訪ねなければ、焼けぼっくいに火が点《つ》くことはなかったのだ。お店を訪ねたのは純粋な懐かしさからだったのか、それとも最初から不倫含みだったのか……。

その問いに答えるとき、今宮さんの笑顔に微妙な翳《かげ》りがよぎった。

「私はこんなふうに明るい性格ですが、単身赴任は知らない土地で知らないひとたちの中で一人きりでしょう？　やっぱり不安はありましたよ。知り合いと呼べるのは恵理子しかいなかったし、不安な毎日の中、いちばん近くにいたのが彼女だったというわけです」

じつは今宮さん、小倉で過ごした二度目の単身赴任中にも、早紀さんという親しい女性がいた。今度は会社の同僚――といっても同じ部署ではなく、人事担当の社員だった。

「会社が用意してくれたマンションの最寄り駅で電車を降りたら、ばったり顔を合わせたんです。赴任して数日しかたっていない頃だったんですが、異動の手続きなどで顔を合わせていたので、お互いすぐに『あれっ？』っていう感じで挨拶《あいさつ》をして、同じ駅で乗り降りすることを知って……お付き合いが始まりました」

十歳年下の早紀さんは、独身で、自分で購入した３ＬＤＫのマンションに一人暮らしというキャリアウーマン。二人の逢瀬《おうせ》もそのマンションが舞台になることが多かった。

「でも、どんなに夜が遅くなっても、どんなに酔っぱらっていても、必ず自分のマンションに帰りました。二人で旅行に行くときも必ず日帰り。女房と要らぬトラブルを起こさないためにも、『外泊はしない』というルールだけは絶対に守らないと」

とはいっても、留守宅を守る奥さんへの愛情がなくなったというわけではない。

「単身赴任中はめったに会えないから、女房は女房で、家に帰ると新鮮なんです」

今宮さん、「それに……」と声を少し沈めた。

「子どものことを女房に全部任せて、自分は自由気ままな独身生活を満喫しているというので、後ろめたさがあるのも確かなんですよ……」

小倉での単身赴任が終わったあとも、早紀さんとは小倉出張のときなどに会うことがある。

ずるずると関係をつづけているうちに、のっぴきならない事態になる恐れは――「それはだいじょうぶです」と、きっぱりと否定する。

「彼女から結婚うんぬんの話が出たことは一度もありません。そういうタイプの女の子ではありませんし、だから付き合ったとも言えます。彼女とは、お互いに寂しいところを埋め合っていたんじゃないかなあ」

そんな今宮さんに自らの単身不倫を総括していただくと——。

「単身赴任だと、どうしても仕事だけの毎日になりがちじゃないですか。愚痴も含めて、仕事以外の話もしたいんだよね。その相手が男でもかまわないんだろうけど、私の場合はそれがたまたま女だったというだけ。自分を正当化するつもりはないけど、やっぱり単身赴任は寂しいんだよね。家に帰ってきて一人というのは寂しいよ。特に秋田時代は、冬場は日照時間が短いので、それだけで気が滅入《めい》っていたし……」

不倫相手の電話攻撃、メール攻撃が怖くなって

単身赴任によって若い頃から憧《あこが》れだった一人暮らしを実現させ、親しい女性までいた今宮さんでさえ、「この歳になると、単身赴任はもうけっこうです」と言う。

一方、もっと強い言葉で単身赴任という制度を批判するのは、吉村浩介さん（57歳）。通信機器メーカーで企業への営業を担当する吉村さんは、二〇〇一年以来、兵庫県から千葉に単身赴任中——。

「単身赴任は酷なことですよ。出世したとしても、体がぼろぼろになってる奴もおるからね。まだ五十前後なのに、僕より歳がいってるように見える奴もおる。欧米社会では考えられないこと。こんなことが許されてるのは日本ぐらいですわ。ひどいことだし、絶対に間違ってると思いますわ。たんなる試練を与えるだけで、仕事にプラスにならんですもん。『体壊してまで一人で生きていけるか！』ちゅう話ですよ。家計も二重経費になるしね。難しい時代を迎えているからこそ、単身赴任には絶対に反対ですね」

関西弁で一息にまくしたてた吉村さんだが、ご自身の単身赴任生活について尋ねると、答えは一転——「これが意外と楽しいんですわ」。

じつは、学生時代にはアメフトで鍛えていた吉村さん、体育会系育ちだけあって、炊事、洗濯、掃除はお手のものなのだ。

「でも、これが四十代の頃に単身赴任してたら、ヤバかったかもしれません。（小指を立てて）四十代の頃なら、これで係争問題が起きてますわ。いま？　いまは自制心が働きますからヤバいことはしませんので。でも、男なら、単身赴任生活をしていれば悶々《もんもん》とした気持ちは出てくるのは当然でしょう。ああ、問題起こしたい！」

豪快に笑う。大の酒好きに女好きを自認する吉村さん、その明るい性格から、さぞや女性にモテそうなのだが……酒の助けを借りつつ話してくれた〝単身赴任・色ざんげ〟は、意外とトラブルだらけなのだった。

「単身赴任になってから、一回だけ浮気をしたんですわ。ダンナに愛人が六人もいるという奥さんが相手で、ダンナの愚痴を聞いているうちに、酔っぱらった勢いで、つい……。でも、寝たのは一回きりです。というのも、電話やメールをめちゃくちゃいっぱい送ってくるんですわ、その奥さん。電話攻撃、メール攻撃です。怖くなって、完全に引いてしまいました。電話攻撃のほうは着信拒否にしましたが、メールは読まずに削除すればええので、とりあえず放っておいてるんですけどね。奥さんのほうもそんなにヤバいことはせんと思いますけど、火遊びはやはり注意せなあきまへんなあ」

オールディーズの音楽が愉《たの》しめるバーで知り合った〝奥さま軍団〟にも、悩まされた。

「その店には、毎週金曜日の夜に、有閑マダムふうの奥さま七、八人の軍団が来るんです。仲良くなって、夜中の三時、四時頃まで一緒に呑んだりしてたんですが、何者かわからんのですよ、あの奥さんたち。昼間に会社にまで訪ねてきたりされたので、いまはもう金曜日の晩には行かんようにしてます。悶々とした気持ちにもなって、浮気したいのはやまやまですが、この手の女性はヤバいし、女性問題で痛い目に遭《あ》ったひと、会社におられんようになったひとを、何人も見てますから」

定年まで単身赴任。妻への思いが募る日々

そんな吉村さんが、なにより御法度《ごはっと》としているのは、同じ会社の部下の女性に手を出すこと。前出の今宮さんも「絶対にそれはありえないね」と言っていた。

となると、いきおい、出会いの場は呑み屋系になってしまうのだが、ここで〝単身不倫志願の男たちを見てきた女性〟からの発言を。

単身赴任者が多く通う福岡・中洲の某スナックの和子ママは、あきれ顔になっていわく——。

「単身赴任のひとって、すごく『女が欲しい！』っていう感じが滲《にじ》み出ているひとが多いんだよね。でも、これは最悪、絶対にダメ。単身赴任が寂しいから彼女が欲しいというのじゃなく、のびのびと余裕を持って生活しながら女性を口説かなければ、浮気もできないだろうし、愛人なんて到底無理な話ですよ」

和子ママの友人で、実際に単身赴任者と付き合ったことがある別の店のママも、「かわいそうだと思って付き合うようになっただけで、こっちから積極的に惚《ほ》れたわけじゃないんですよ」とケンもホロロ。

和子ママは、微妙に同情するような表情で言った。

「接待交際費が削られて、自分のお金で呑めるひとは少ないし、女性との付き合いまでお金が回らないんですよ。金銭的なことも含め、なにごとにも余裕がないと、夜の女性との付き合いは難しいと思いますよ。単身赴任者だからお店の女の子にモテるということもないですし、昔みたいに愛人を何人つくったみたいな話は、いまではほとんど聞きません」

その意味では、「なかなか一線を踏み越えられないんです」と苦笑しつつも、親しくなった女性を行きつけの呑み屋に誘うのが大好きだという吉村さん、じゅうぶんに〝合格点〟なのだが……酔いの回った口調で、最後に、しんみりと言った。

「やはり、家内のことを考えると、早く兵庫に帰りたいですわ。ウチの会社は転勤の辞令には何年までと期間が書いてあるのが普通なんですが、僕の辞令にはなにもありませんでした。たぶん、定年まで千葉にいろ、ということなんでしょうね、家内にはそれを話すことができずに、三年間だから、と伝えてるんです……」

奥さんに話していた単身赴任期間のリミットまで、あと一年。定年までは、あと三年。

五年におよぶ単身赴任生活をまっとうした某氏は、こんなことを言っている。

「単身赴任を乗り切れるかどうかは、性的な問題がいちばん大きいんです。最も大事なのは、オナニーで満足できるかどうか。それができれば、単身赴任の日々も乗り越えられるんです」

オナニーを、ちょっと拡大解釈して「一人で生きること」と言い換えてみようか。仲間を見つけること、離ればなれになった家族との絆《きずな》をつなぐこと、趣味を愉しむこと、女性に恋すること、仕事に励むこと、縁のなかった土地にしっかりと両足をつけて生活すること……。

全国各地の単身赴任者を訪ね歩いた一年間は、「女房持ちの男、いかに一人で生きるべきか」を探る旅でもあったのかもしれない。

シゲマツの旅は終わった。

だが、今日もまた、単身赴任のひとは、辞令片手にどこかの街の駅や空港に降り立っているのだろう。

いささか途方に暮れ、新生活への期待と不安のないまぜになった表情で、歩きだすのだろう。

単身赴任者に、幸よ多かれ――。

そして、いま……

単身不倫という性格上、ご登場いただいたひとの近況をつまびらかにするのは少々難しい。実際、かなり慎重に書いたつもりなのだが、ご紹介したうちのお一人は、同僚から「これ、○○さんでしょ？」と言われてしまった（奥さんでなくてよかったです、ほんとに）。

さて、じゃあ、近況をどうしよう……と悩んでいたら、そんな内輪話など知る由もない一人の若い友人が、「シゲマツさん、単身不倫のルポ書いてましたよね。ちょっとそれ、読ませてもらえませんか？」と声をかけてきた。某新聞社勤務のWくん、現在、単身不倫予備軍なのだという……。

これはありがたい。シゲマツ、さっそく極秘取材にとりかかった（要するに酒を呑んで愚痴を聞いただけ、なんですが）。

二〇〇三年の初夏、幼い子ども二人を持つWくん夫婦は、結婚十年目にして最大の危機を迎えた。Wくんが携帯電話を家に置き忘れたところ、奥さんが受信メールをチェックして、不倫が発覚してしまったのだ。

「もちろん土下座をして謝りましたよ。とにかく許してくれ、もう二度とこんなことはしないから、と……」

その甲斐《かい》あって、多少のわだかまりは残しながらも、奥さんも怒りを収めてくれそうだったのだが……。

突然の人事異動。

勤務先は、九州――。

「モメたあとなので、僕としては家族全員で引っ越しをするつもりだったんですが、カミさんが『とりあえず一人で行けば？』って、冷たく言うんですよ……」

シゲマツもダテに単身赴任をめぐる旅をつづけてきたわけではない。しょげ返るWくんに「いや、かえって距離を置いたほうが夫婦仲が良くなる場合のほうが多いんだぜ」と励ましの言葉を贈り、後輩の門出を祝して杯を干そうとした、その瞬間――Wの奴、「じつは……」と、さらなる秘密を打ち明けた。

「異動になれば不倫相手の彼女とも会うことはないだろうから、と思って……『最後に食事でもしないか』とメールを打ったら……」

そのメールも、奥さんにばれてしまったのである。

「もちろん、今度も土下座をしました。最後の食事もキャンセルして、とにかくカミさんとの信頼関係を取り戻そうとしたんですが、来週、僕、もう九州に赴任しなくちゃいけないんですよ。時間切れなんです……」

夫婦仲が最低・最悪の状況での単身赴任――一年間にわたる旅でもお目にかかれなかったパターンである。

「カミさんと別れるつもりなんてありませんよ！　九州に行っても、絶対に不倫なんてしません！」

力《りき》んで繰り返すWくんなのだが、それをオレに言われたってなあ……。

「ねえ、シゲマツさん、単身赴任がカミさんの怒りが収まる冷却期間になってくれるでしょうか？」

そうなると、いいけどね。

「それとも、僕が単身赴任したことで、『ダンナなんて要らないじゃん』と思っちゃうんでしょうか？」

少なくともぼくが取材したひとのなかにはいなかったけれど……いても不思議じゃないよね、そういう奥さんも。

「まさか、カミさんも仕返しで不倫とか……」

しっかりしろよ、とWくんの背中を叩《たた》いてやった。

現在、Wくんは九州で慣れない一人暮らしをつづけている。毎日一度は奥さんにメールを送り、奥さんからの返信もとりあえず順調に来ているのだという。

「一人暮らしになって、あらためて『オレ、カミさんに惚れてるんだなあ』ってわかったんです」

電話をかけてきたWくんは自慢するように言って、しかしその直後、一転して声のトーンを落としてつづける。

「でも……カミさんのほうはどうなのかなあ……僕のこと、もう要らないって思ってるんでしょうかねえ……もし、そんなこと言われたら、絶望しちゃいますよ、もう九州でオンナつくりまくっちゃいますよ……」

Wくん。

この本は、きみのような奴のためにあるんです。読んでください。ご登場いただいた皆さんの夫婦仲を嚙《か》みしめてください。

そばにいないからこそ、信じる――。

なかなか会えないからこそ、愛する――。

ぼくは一冊の本の中で、結局、そればかり繰り返し書いてきたような気がするのですから。

あとがき

二〇〇三年初夏、ぼくはテレビのドキュメンタリーの仕事で南太平洋のある島へ出かけた。太平洋戦争の激戦地として知られるこの島は、数年前にクーデターが起きたこともあってきわめて政情不安、現地駐在の日本人も数えるほどしかいない。

その中の一人、Yさんは、十年近い単身赴任生活を送っている。

「ほんとうは二、三年で帰国できるはずだったんですけど、途中でクーデターが起きたりして、ばたばたしているうちに、こんなに長くいることになってしまったんです」

生命の危険さえある南洋の島での、いつ終わるともしれない単身赴任生活……。嘆いても不思議はない。ひたすら自分の運命を呪《のろ》っても、無理はないだろう。

だが、Yさんはにこやかな笑顔を絶やさずに撮影クルーの案内役をつとめ、「これ、とっておきの酒なんですよ」と日本から送られた焼酎《しょうちゅう》をぼくたちにふるまいながら、ほろ酔いにまかせて東京にいる女子大生の娘さんの自慢話に花を咲かせる。

「すっかり島に馴染《なじ》んでますね」――こっちも酔いの勢いゆえ、よく考えてみれば失礼な言葉を口にしてしまった。

するとＹさんは、少し照れくさそうに、現地の若者たちを支援するＮＰＯをつくったのだと打ち明けたのだ。

「自分から好んで来たわけではないにせよ、人生の少なからぬ時間をこの島で過ごしてるわけでしょう。だから、少しは恩返しをしたいなあ、と思って……」

ロケの過密なスケジュールの合間の、ささやかな酒宴でのやり取りである。「取材」にも至らない、旅の記憶の断片である。

だが、単身赴任者を訪ね歩く旅を終え、一冊の本にまとめあげようとしているいま、Ｙさんの言葉と笑顔が、一冊の締めくくりになによりふさわしいんじゃないか、という気がしてならない。

本書にご登場いただいたひとたちにかぎらず、大半の単身赴任者は、会社の人事異動によって赴任している。「しかたなく」から始まった新生活である。

それでも、「住めば都」である。「人間到る所青山在り《じんかんいたるところせいざんあり》」なのである。

地縁のない街での、不自由な一人暮らしでも、皆さん、自分なりの楽しみ方を見いだし、それぞれの幸せをかたちづくっている。

そして、遠く離れた我が家を思う気持ちも、皆さん、紛れもなく単身赴任ならではの愛のかたちを見せてくれた。

ロビンソン・クルーソーにして、あしながおじさん――。

出会ったひとたちは、みんな、素敵な笑顔だった。それが嬉《うれ》しくてたまらない。お父さん、がんばってるんだよ、すごいだろ……こっちまで胸を張りたくなる。

もとより、ぼくは単身赴任とは無縁の読み物作家である。「おまえになにがわかる」と叱《しか》られれば、返す言葉はない。

それでも、旅を終えたあとのぼくが小説で描く父親や家族の姿が、いままでより、ちょっとでも深くなっていてくれれば、嬉しい。もしそうなっていたら、間違いない、それは旅で出会った皆さんのおかげである。


最後に、本文中でもご紹介した『the0123引越文化研究所』のレポートから引用させていただく。

同研究所の調査によると、単身赴任者の社員がいる会社は全体の九十五パーセント。全社員に占める単身赴任者の割合は三・〇パーセントで、人数に換算すると約九十万人ということになる。

単身赴任者の平均年齢は四十六・二歳。結婚してからの平均年数は十九・九年。単身赴任によってあらためて奥さんの魅力を感じたひと――約五十パーセント。

旅の記録は、月刊誌『オブラ』に連載させてもらった。連載時の加藤晴之編集長、担当の木村貴之氏に感謝する。なお、登場してくださった皆さんの本文中での年齢・肩書などは取材時のものである。

また、ぼくにとって初のルポルタージュになった『隣人』につづいて、鈴木正博氏と山岸朋央氏に取材チームを組んでいただいたのは、なによりの心強さだった。記して感謝する。

上海編での取材を手伝っていただいたのは須藤みかさんと河添恵子さん。中国語のまったくできないシゲマツ、さぞや足手まといになっただろうと思う。お二人には、中国語で、謝謝《シエシエ》(で、いいんだっけ?)。

企画の立ち上げから単行本まで伴走者をつとめてくださった講談社学芸図書出版部の小沢一郎氏にも、もちろん、ありったけの謝意を。

そして、なにより、単身赴任者の皆さんに心からのエールを――。

お父さん、エラいっ!

二〇〇三年八月二十七日

重松　清

ぞんざいな
女房を
がマンしなくて
すむ幸せ

特別インタビュー　藤巻幸夫

（聞き手・重松 清）

ふじまき・ゆきお
一九六〇年東京都生まれ。八二年上智大学経済学部卒業、伊勢丹に入社。バーニーズのバイヤーを経て、「解放区」「リ・スタイル」「BPQC」の立ち上げを手がけ、業界のカリスマ的存在となる。二〇〇〇年に退社後、アパレルメーカー等を経て、〇三年、民事再生法を適用された老舗「福助」の社長に就任、一年で黒字転化させる。〇五年よりイトーヨーカドーグループ内の新会社・セブン&アイ生活デザイン研究所社長に就任。著書に『チームリーダーの教科書』『藤巻幸夫のポジティブ語録』など。

――「単身赴任」って、僕たちの世代の少年時代から一般的になってきました。単身赴任という、いかにも日本的な制度というか、しきたりを藤巻さんはどんなふうに解釈なり評価されていますか？

藤巻　父親が9年前に他界したんですけれども、単身赴任じゃなかったんですが、たまたま父親は東芝というところの工場管理の人事をやっていまして、3年おきぐらいに転勤をしたんで、まさに転勤族の子どもだったんです。転校は小学校が4回、幼稚園が2度。特に幼稚園は入園が東京で卒園が九州、小学校は入学が九州で卒業が大阪から横浜、というぐらいの形で飛んだんで、単身ではなくて家族で行きましたけど、象徴的なサラリーマン家庭に育っているんで。

――お父さまには、単身赴任しようという選択肢は最初からなかったんですか。

藤巻　いや。家族を連れてということだったと思いますね。

――これは最初から、迷いなくという感じだったんですか？

藤巻　どうだったんでしょう。生きている間にその話を聞けなかったんでわかりませんけど、おそらく東芝という会社が単身を許していなかったみたいですね。というのは引っ越す皆さんは家族を連れて歩いていましたから、文化としてそういう企業だったという気が私の中ではしますね。単身でどっかに行ったという話はあんまり聞かなかったですね。

——僕も小学校で4回転校したんですけど、確かに赴任者を迎える側からすると、一家そろって来る人じゃないと腰を据えていないというか、行った先に根をおろさないというような。特に地方を回るときは女房子どもと一緒じゃないと「しょせんは腰掛けで来ているんだろう」というような感じもあったと思うんです。その風潮がしだいに変わって、だんだんとお子さんの学校の問題があるからというので単身赴任を選ぶのが、ある種主流になってきましたが、どうご覧になります？

藤巻　一概には言えないんですけども、単身赴任のあり方が変わってきたなと。昔は羽のばしてというのが、いまはどっちかというと常に家族を思って戻る、ということで。単身赴任のあり方が変わって、時代的に右肩下がりで残業も減り、仕事量も減り、外で遊ぶよりは家に帰って家族と、というい傾向のような気もするし。私はその逆でアグレッシブなサラリーマンなんで、どっちかというと家族より仕事で生きてきちゃっているんです。日本の社会そのものが、二極分化してきたんじゃないかなという気もしていますね。

要するに仕事よりも家族だという人と、外に行く人と、明確に分かれてきて、お互いに認め合っている。昔は仕事をして、いいクルマに乗って、いい家庭を持って、年収を上げてというのが右肩上がりの時代はよしとされていたのが、いまこういう状態になって、どっちを選ぶかという時代に入ってきた気がすごくするんです。

——これは、いい悪いじゃなくて人それぞれという感じ？

藤巻　ええ。お互いに認め合うという。そういう意味では単身赴任も、相当自由になって来てて、「単身赴任」という言葉自身も郷愁をおびていい言葉である、と同時に、私の中では自分次第でどっちも選択できる、という感じになってきています。

例えば具体的に言うと、いまの生活研究所の部下の草間（利夫）という役員がいるんですけど、彼は大阪の人間で、私が今回、ヨーカ堂に来てくれと引っ張ったんですね。だから月曜から金曜はヨーカ堂で働いていまして土日は毎週帰って、それが居心地が非常にいいというんです。だから5日間、羽のばすというよりも、月～金はものすごい働いているんですけど、土日はきっぱり、絶対仕事をしないで家に帰りますよ。そういう彼を見ているとね……。

——メリハリがつきますよね。

藤巻　ええ。男性も生き方上手の人が増えてきたんじゃないかなと。昔の人は遊び方とか仕事の仕方のバランスがわかんないままに、生活力のない人が多かったと思うんですね。ただ最近は、飯を食うところはどこにでもある、飯も自分で作れる、頭の中の整理の仕方もうまい、よって単身での遊び方のうまい人が増えてきた。昔あった、哀愁をおびて寂しい、とかなんとかというのが消えてきているような……。

——そうですね。また留守宅とのコミュニケーションにしても、電話すらなかった時代から、電話、ケータイができ、ファクス、メール……コミュニケーションをとろうと思えば、直接顔を合わせないだけで、昔に比べるとかなりコミュニケーションができるようになってきていますね。

藤巻　できるようになってきていますね。だから本当に距離が縮まったというか。よく言われることですけど、メールとかファクスにしろ、電話にしろ、携帯電話と携帯メールが世の中を変えちゃったというのは、人を寂しくさせないっていうこと。これも以前とは、すごく変わった気がしてね。ただし、私はアナログ派なんでパソコンは苦手で、実は原稿も手書きなんです。

——そうですか。意外でした。

藤巻　私はものすごいアナログ派で、どっちかというと田舎育ちなんで、都会的なファッションの仕事をやっていながら、どっちかというと「ゆうやけこやけ……」に哀愁をおびて、だから重松さんが好きなんですよ（笑）。そういう哀愁派なんでね、そういう哀愁派の私よりちょっと上の世代からすると、ちょっと殺風景になったかなという。昔は不便だったからイマジネーションとか、心の中で田舎はこうかな……というようなことが、いまはあまりにもなくなっちゃって、すべてが現実味をおびちゃっているということも、どっかにあるのかなと。私は両方をいつも感じながら生きているんですけど。

――コミュニケーションのタメってなくなりましたよね。すぐにポンポン言ってね。

藤巻 そう。タメ！　思いとか手紙を書くということがなくなってしまった。

――それでも取材をしてみると、一緒に住んでいるときよりも、むしろ夫婦や親子の関係がよくなったというのは、コミュニケーションってタメが大切だとわかった、ということ。

藤巻 「タメ」って、いい言葉ですね。

――郷ひろみの『よろしく哀愁』じゃないけど、「会えない時間が愛育てるのさ」という部分が大きいと思います。おそらく人を好きになるときって、この人に会いたいと思う気持ちが強いでしょ。だけど結婚しちゃうといつも会ってるので、「会いたい感」が薄れる。ところが単身赴任だと……。

藤巻 そう。単身というのは、ある種の疑似恋愛体験に戻るみたいな。

――「会いたい感」を取り戻せるんですね。

藤巻 こんなことを言うと夫婦べったりの人から怒られちゃいますけど、ちょっと離れた夫婦でうまくいっている夫婦をたくさん見ているんで、これもありなのかな、という気がします。

――いままでは仕方なく、やむなく単身赴任、というネガティブな選択だったんですけど、もしかしたらいまは、仕事もそうだし、夫婦とか親子をリフレッシュするためにも、単身赴任は案外、積極的な選択肢として、あっていいと思いますね。

藤巻　私もそう思います。賛成ですね。あと親も子も夫婦もべったりして依存しすぎるとほかに目がいかなくなって、社会が非常に狭くなるということもあるんじゃないですかね。

——そうですね。会社の中でも毎度おなじみのメンバーがいて、なあなあで大体わかり合っている。それが単身赴任でポツンと知らないところにひとりで行くというのは、いってみれば自己紹介しなきゃいけないんですよ。

藤巻　そう。自分を持ち上げていく、自分をプレゼンテーションしていく。

——それが下手なんですね。

藤巻　そう。すごく下手だったんですね。日本人って2つ下手ですね。一つは人をティーアップするのが非常に下手で、例えば「はじめまして」と言って、ここに誰かいたときに、例えば重松さんを紹介するときには、私はすごくほめるし、こいつはこういう特徴があってこうであってと。2度目に会うときは重松さんが書いたのはこんな本でとか、例えば今日会うと決まったら、必ず本を読むとか調べるということがありますね。それが本当に下手ですね。あともう一つは、自分の過去の話をちょっとおもしろおかしく、ユーモアを入れて、自分をちょっと落としながらもほめながらも人に話す、というのは非常に下手なんですね。私はいま、人を紹介するとか、自分を落としながら紹介するのは好きなんですね。それは小学校時代の4回の転校体験が効いてるんじゃないかなと思います。「いつからそんなふうになったんですか」と言われるんだけど、「よく考えたら小学校のときにこうでした」と言うと、「そういう体験があなたをそうしたんですね」と言われるんです。

――それこそ自己紹介から始まって、最初はみんなに取り囲まれて、「前、どこにいたの?」とかって、自分の歩んできた道を話さなきゃいけないわけですよ。で、自然と話す力やコミュニケーション能力が上がっていくんですね。

藤巻　昔あんなにいいおしゃれしたやつが、全然おしゃれじゃなくなったなとか、あんなに昔アグレッシブだったのに止まっちゃったな、という人は、いまおっしゃったようにそういう経験していない人なんですよ。ところが若いときにドロドロから這い上がってきたやつであればあるほど、どんどんアグレッシブになるし。

――這い上がるときって、カルチャーショックを受けたり、恥をかく。

藤巻　相当恥かく。いじめられるし。

――恥かきながらステップアップしていくってあるじゃないですか。単身赴任にしてもそうです。いつも家に帰ったらソックスをほうっておけば奥さんが拾ってくれていた、というお父さんが、初めて洗濯機を回して戸惑いますよね。その戸惑いとか失敗をするということが、実は大事なんじゃないかなと思います。

藤巻　そう。失敗の体験とか恥の体験って、ほんと人間を大きくしますよね。私もまだ立派でもなんでもないんですけど、45で一つのポジションを与えられて、いままでやったことを振り返るとね、ほんとに恥かいているし、踏みにじられているし、人の何倍も怒られているし、泥水飲まされてきているんですよ。だから平気になっちゃうんですね。あんまりプライドがないんですよ。常にそういうことを考えている暇がなくて、前を向いてどういうことをいましたらいいのかなということを、クリエイティブと言っていいのか切磋琢磨というのかわかりませんけど、前を向いて、何かかきほじっていくというのが自分の生きざまになっちゃってるもんですから、プライドなんて言ってる暇ないんですよ。常に自分を否定していかないと前に進めない自分ができちゃった、というのは、最近特に自分の中では感じますね。

——それこそ単身赴任しなきゃいけない人って基本的にお父さん、あるいは旦那だったりして、ある程度の年になると恥かいたり失敗したりするのに臆病になりますよね。

藤巻　絶対なりますね。

——そのときにひとり暮らしだったら、子どもたちに見せずに済むじゃないですか。

藤巻　なるほど。自分の権威を保てるんですね。家にいたら、シュンとするのも、酔っぱらってグチるのも、だらしなく見られちゃうけど、見られないで済むと。偶像を描けるわけですね。それは大事かもしれないな。

――それは奥さんやお子さんも実際に見たらそうじゃないことぐらいわかっているかもしれないけど、どっかロマンとしてね、ひとりでがんばっているという。

藤巻　だから偉いとかいうわけじゃないけど、単身赴任って人を成長させる、あるいは残っている家族のほうに、父親をそういう面で経験させる――とてもいい一つの手段かもしれない。

――いまは単身赴任でも、昔ほど不便感がなくなったということは、逆に夫婦ってなんだろうかな、と考えさせる。

藤巻　一つ超えてよくなっていくカップルと、超えられないカップルが周りにいるんですけど、夫婦間にどう緊張感を持たせるかというのは、単身赴任の一つの武器になるような気がして。確かに離れて暮らすと、みんなうまくいってますよ（笑）。ずっと一緒にいると、2年も3年も……若い独身の人が読んだら夢なくしちゃうかもしれないけど、やっぱり一定の距離感って必要ですよ。

仕事でも、対取引先でもね、私は派閥が昔から嫌いで、はまるのもつくるのも嫌いで、取引先も1社と癒着するのが大嫌いなんです。だからたまたまこのポジションに入れられて誰とも同じ距離で普通に付き合えて、よく「俺は一匹狼だ」と言うんですよね。だけど、べつに寂しくはないと。なぜかというと、仕事は仕事で、友達は完全に分けているというんですけどね、やっぱりいい距離感を保つというのは、いまの日本人にとってすごく必要でね。たまたまニューエコノミーの連中と付き合っていると、非常にサラッと、単身赴任的な発想ですよ。みんな個人で、自分の好きな距離で誰とも交わることなく付き合っていて、実現していく夢を追っかけるというね。

――昔は「水臭い」と言われたけれども……。

藤巻　そうそう。そこがまたいいところでもあったんだけど、そのバランス感ですよね。

――おそらく日本って、会社でも家庭でも究極の理想が「一心同体」なんですよね。「一億総○○」のパターン。

藤巻　寂しがり屋だから、ついついたまりたくなっちゃうんですね。

――高度成長期とか近代化の過程では一丸となったほうがいいと思うんだけど、そろそろ、ばらけなきゃいけないとも思います。

藤巻　私もそう思う。絶対バラバラになる必要があるんじゃないですか。

――そのときに単身赴任という家族のばらけ方もある。それをうまくやっている人が増えたなというのが、この本で、僕の取材した印象です。

藤巻　私はノウハウ本は大嫌いで、こうすればどうなるという本が大嫌いなんです。重松さんの本はじめ、どっちかというと小説派なんですが、いまビジネスマンはあんまり読まない。女性は読んでいますが、男性は読まない。これにもすごく問題があって、男のサラリーマンは本を読むことが何の得になるかと言う、全部損得なんですよ。ところが私はムダな美学がすごく好きで、小説を読むというのは、もしかしたらサラリーマンにとってはムダなんですよ。すぐに経済活動につながらない。ところが、人とコミュニケートするには本を読むことが一番コミュニケーションの潤滑油になるんですよ。ほんと、なるんですよ。それをすごく感じてね。

単身のお父さんの場合で言うと、そういうときに、いかに自分の時間の中で自分を自己実現させていくかという面で時間を使ってほしい人が多いな、と。というのは、私は日本の男性論に非常に興味があって、ファッション論からいろんな話しているんですけど、もうちょっと色を楽しんでくれとか、どぶねずみ色のスーツなんか着ないできれいなスーツを着てくれとか、もっとピンク色を着ろと。うちの会社もそうなんですが、ほとんど白とか黒とか紺ばっかりで、ちょっとかわいい黄色とかね。45になって黄色はなんだ、という人がいるんだけど、相手に与える印象が明るくなったりするじゃないですか。そういうことを考えるのも映画を観れば思い浮かぶし、小説を読んでいれば色が浮かんでくるしと。そういう意味での想像力をかきたてるという男論というのを重松さんに書いてほしいなと思っているんです。いま女性ばっかりどんどんきれいになってってね。そう思いませんか?

――そうですね。男性が取り残されちゃってますね。

藤巻　それが私の中ではすごく課題でね、男性が遊んでないなと。女性は、最近私の後輩が会社をつくって大成功をしているんですけど、ヨガ。見に行ったら、ほとんど全部女性ですよ。私はいま体が疲れているんでゲルマニウム温浴に10日に1回行ってるんですが、これもほとんど女性。それからマッサージもほとんど女性。男の人は飲み屋でグジャグジャやってる。これはちょっとね。

――もっとも、単身赴任では、高度成長期やバブル時代には先兵として最前線で開拓して、行け行けどんどん、のイメージがあったんですけど。

藤巻　商社マンなんか、そうですね。海外へ行って新しいマーケットを開く。

――ところが、最近の不況下では、残務整理だったり、支店の統廃合など業務縮小に伴うみたいなネガティブな形での単身赴任の方がむしろ主流かもしれません。

藤巻　縮小均衡的な仕事になっちゃった。

――そう。おそらくまだ、その傾向というのは続くと思うんですよ。そういう単身赴任のサラリーマンに、藤巻さんからエールを贈ってもらえますか。

藤巻　どんなときにも、一つのチャンスがあると思うんですよ。だから自分がたとえ縮小均衡の仕事をしていても、その中に必ず次のネタがあると思うんですよ。それをアグレッシブに、ポジティブにやる時代に、いま向かっている、そのトランスファーというか、向かっている時期が、いまの日本のような気がするんですね。

極端に言うと、福助に行くときも誰もが一回つぶれた会社を建て直すのは厳しいと言ったからチャレンジしたし、ヨーカ堂の衣料品改革も簡単じゃないと言われたから行ったんですね。何もいい橋を渡っているわけじゃないんですよ。ただ厳しい、壊れそうな橋を直したあとの感動とか達成感って、こんな面白いものないんですよ。ところが残念ながら、日本の男性のほとんどはチャレンジ精神がなくて、いけすを飛び越えない人が多い。ちょっと人事異動しただけで落ち込んじゃうとかね。

戦後60年の節目があったから、いろいろ読んでいたけど、あの頃の日本人は強かったと思うんですよ。自分個人のためとか会社のためより、お国のためでしょ。もうちょっと大きい志を持って、男性は立ち上がるべきじゃないのかなと。ちょっと志が低いんじゃないかなという気が……。

——見ているのが、会社のもっと狭い派閥だったりね。

藤巻　ええ。派閥とか、その仕事で死ぬわけじゃないのにくよくよしたり、課長になった、部長になった、で一喜一憂しすぎ。男性に対しては、そんなことを気にしないで、と言いたい。だから自分は何をしたくて、何を見つけるかということを行く先々で考え出すということが、本当に自分の生きがいになってね。もちろん家族を大事にする、友達を大事にする、自分の人生を大事にするということもあるけど、男たるもの仕事一つ達成する、という気概は持たなきゃあかんのかなと。景気のせいにするとか何かのせいにするというのは、人のせいにする間は、いいことなんか起きないんじゃないかなというのをその方たちにエールとして贈りたいですね。

（二〇〇五年八月十九日）

本書は、二〇〇三年九月に小社より単行本『お父さんエラい！　単身赴任二十人の仲間たち』として刊行されたものを文庫化にあたり、改題しました。第一、三話および上海寄り道編・第三話の主人公の名前は、ご本人の都合により仮名になっています。

|著者|重松 清　1963年岡山県生まれ。早稲田大学教育学部卒。出版社勤務を経て、執筆活動に入る。1999年『ナイフ』で第14回坪田譲治文学賞、『エイジ』で第12回山本周五郎賞、2001年『ビタミンF』で第124回直木賞受賞。話題作を次々発表するかたわら、ライターとしても、ルポルタージュやインタビューを手がける。他の著書に『定年ゴジラ』『半パン・デイズ』『世紀末の隣人』『流星ワゴン』『きよしこ』『トワイライト』『疾走』『愛妻日記』『ニッポンの課長』『卒業』『教育とはなんだ』『最後の言葉』(共著)『いとしのヒナゴン』『なぎさの媚薬』『その日のまえに』などがある。

ニッポンの単身赴任《たんしんふにん》

重松《しげまつ》 清《きよし》

講談社文庫

定価はカバーに
表示してあります

2005年10月15日第1刷発行

発行者——野間佐和子
発行所——株式会社 講談社
東京都文京区音羽2-12-21　〒112-8001
電話 出版部 (03) 5395-3510
販売部 (03) 5395-5817
業務部 (03) 5395-3615

デザイン—菊地信義
本文データ制作—講談社プリプレス制作部
印刷———中央精版印刷株式会社
製本———中央精版印刷株式会社

Printed in Japan

ISBN4-06-275212-3

講談社文庫刊行の辞

二十一世紀の到来を目睫に望みながら、われわれはいま、人類史上かつて例を見ない巨大な転換期をむかえようとしている。

世界も、日本も、激動の予兆に対する期待とおののきを内に蔵して、未知の時代に歩み入ろうとしている。このときにあたり、創業の人野間清治の「ナショナル・エデュケイター」への志を現代に甦らせようと意図して、われわれはここに古今の文芸作品はいうまでもなく、ひろく人文・社会・自然の諸科学から東西の名著を網羅する、新しい綜合文庫の発刊を決意した。

激動の転換期はまた断絶の時代である。われわれは戦後二十五年間の出版文化のありかたへの深い反省をこめて、この断絶の時代にあえて人間的な持続を求めようとする。いたずらに浮薄な商業主義のあだ花を追い求めることなく、長期にわたって良書に生命をあたえようとつとめるところにしか、今後の出版文化の真の繁栄はあり得ないと信じるからである。

同時にわれわれはこの綜合文庫の刊行を通じて、人文・社会・自然の諸科学が、結局人間の学にほかならないことを立証しようと願っている。かつて知識とは、「汝自身を知る」ことにつきていた。現代社会の瑣末な情報の氾濫のなかから、力強い知識の源泉を掘り起し、技術文明のただなかに、生きた人間の姿を復活させること。それこそわれわれの切なる希求である。

われわれは権威に盲従せず、俗流に媚びることなく、渾然一体となって日本の「草の根」をかたちづくる若く新しい世代の人々に、心をこめてこの新しい綜合文庫をおくり届けたい。それは知識の泉であるとともに感受性のふるさとであり、もっとも有機的に組織され、社会に開かれた万人のための大学をめざしている。大方の支援と協力を衷心より切望してやまない。

一九七一年七月

野間省一

講談社文庫 最新刊

- 西村京太郎　**十津川警部 姫路・千姫殺人事件**　運命に翻弄された姫の化身か。気品あふれる美しさが招いた連続殺人に十津川が挑んだ！
- 重松 清　**ニッポンの単身赴任**　北海道から南極まで、単身赴任の20人をルポ。「仕事」と「家族」と「自分」の新しい関係を探る。
- 京極夏彦　分冊文庫版 **鉄鼠《てっそ》の檻《おり》(一)(二)**　箱根の山深くに立つ謎の巨刹、明慧寺で次々と仏弟子が殺される。傑作を四分冊で刊行。
- 和久峻三　**熊野路安珍清姫殺人事件** 〈赤かぶ検事シリーズ〉　目も眩む渓谷で変死した現職刑事が麻薬や拳銃の密売を!?　現場から消えた女の正体は？
- 高梨耕一郎　**京都 風の奏葬**　新・旅情ミステリー、四社一斉書下ろしデビュー。神尾一馬が虚無僧の殺人事件に挑む！
- 岳 真也　**密《みそか》事《ごと》**　人の暮らしに品性のあった江戸の、世をはばかる男女の密事をしっとり描く官能時代小説集。
- 三好春樹　**なぜ、男は老いに弱いのか？**　大量定年時代を控えて、介護のカリスマが男たちに贈る、「老い」に負けないための処方箋。
- 宮本 輝　新装版 **二十歳《はたち》の火影《ほかげ》**　幼少期から文学に目覚めるまで、自らの青春時代を綴った名エッセイが、新装版で登場。
- 宮本 輝　新装版 **命の器**　戦後生まれの本格派が、自身の文学世界の〝秘密〟について語った珠玉の第2エッセイ集。
- L・M・モンゴメリー　掛川恭子 訳　**虹の谷のアン**　〈虹の谷〉で遊ぶアンの子どもたちと牧師館の子どもたちの成長の日々。好評完訳第7巻。
- C・J・ボックス　野口百合子 訳　**凍れる森**　自然と家族を愛する猟区管理官が活躍。新人賞独占のデビュー作を超えたシリーズ第2弾。
- ジョン・コナリー　北澤和彦 訳　**奇怪な果実(上)(下)**　私立探偵バードが〝謎の怪物〟ケイレブ・カイルに挑む！　迫力のハードボイルド巨編。

講談社文芸文庫

佐伯一麦

ショート・サーキット

佐伯一麦初期作品集

若くして3人の子供の父親となったかれは配電工として都会の裏側を見つめている。野間文芸新人賞受賞の表題作に、デビュー作「木を接ぐ」など清新な5篇を収録。

松田解子

乳を売る・朝の霧

松田解子作品集

わが子に与えるべき母乳すら売らねばならぬ貧しい女性の姿を描き、プロレタリア文学に母性という視点を加えた表題作ほか、女性の痛切な生を刻んだ精選作品集。

柳田國男

柳田國男文芸論集

井口時男編

狭隘な私小説に閉じ籠る自然主義と訣別、日本人の共同性の記憶である昔話や暮しの中に文芸を発見。柳田民俗学と近代文学の共生と背馳の劇を鮮かに再現する28篇。

講談社文庫　目録

下川裕治　週末アジアに行ってきます
下川裕治・桃井和馬　世界一周ビンボー大旅行
下川裕治・篠原章　沖縄ナンクル読本
篠田真由美　未明の家〈建築探偵桜井京介の事件簿〉
篠田真由美　玄《くろ》い女神〈建築探偵桜井京介の事件簿〉
篠田真由美　翡翠《ひすい》の城〈建築探偵桜井京介の事件簿〉
篠田真由美　灰色の砦〈建築探偵桜井京介の事件簿〉
篠田真由美　原罪の庭〈建築探偵桜井京介の事件簿〉
篠田真由美　美貌の帳《とばり》〈建築探偵桜井京介の事件簿〉
篠田真由美　桜闇〈建築探偵桜井京介の事件簿〉
篠田真由美・加藤俊章絵　レディMの物語
重松清　定年ゴジラ
重松清　半パン・デイズ
重松清　世紀末の隣人
重松清　流星ワゴン
新堂冬樹　血塗られた神話
新堂冬樹　闇の貴族
島村麻里　地球の笑い方
島村麻里　地球の笑い方 ふたたび

柴田よしき　フォー・ディア・ライフ
柴田よしき　フォー・ユア・プレジャー
新野剛志　八月のマルクス
新野剛志　もう君を探さない
新野剛志　どしゃ降りでダンス
殊能将之　ハサミ男
殊能将之　美濃《みの》牛《ぎゅう》
殊能将之　黒い仏
殊能将之　鏡の中は日曜日
嶋田昭浩　解剖・石原慎太郎
新多昭二　秘話 陸軍登戸研究所の青春
首藤瓜於　脳男
首藤瓜於　事故係生稲昇太の多感
島村洋子　家族善哉
仁賀克雄　切り裂きジャック〈闇に消えた殺人鬼の新事実〉
島本理生　シルエット
杉本苑子　孤愁の岸 (上)(下)
杉本苑子　引越し大名の笑い
杉本苑子　汚名

杉本苑子　女人古寺巡礼
杉本苑子　利休 破調の悲劇
杉本苑子　江戸を生きる
杉本苑子　風の群像〈小説・足利尊氏〉(上)(下)
杉本苑子　私家版かげろふ日記
杉田望　金融夜光虫
鈴木輝一郎　美男忠臣蔵
末永直海　浮かれ桜
瀬戸内晴美　かの子撩乱
瀬戸内晴美　京まんだら (上)(下)
瀬戸内晴美　彼女の夫たち (上)(下)
瀬戸内晴美　蜜と毒
瀬戸内寂聴　寂庵説法
瀬戸内寂聴　新寂庵説法 愛なくば
瀬戸内晴美　家族物語 (上)(下)
瀬戸内寂聴　生きるよろこび〈寂聴随想〉
瀬戸内寂聴　寂聴天台寺好日
瀬戸内寂聴　人が好き［私の履歴書］
瀬戸内寂聴　渇く

講談社文庫　目録

瀬戸内寂聴　白　道
瀬戸内寂聴　「源氏物語」を旅しよう〈古典を歩く4〉
瀬戸内寂聴　いのち発見
瀬戸内寂聴　無常を生きる〈寂聴随想〉
瀬戸内寂聴　わかれば『源氏』はおもしろい〈寂聴対談集〉
瀬戸内寂聴　寂聴相談室人生道しるべ
瀬戸内寂聴　花　芯
瀬戸内寂聴　瀬戸内寂聴の源氏物語
瀬戸内晴美編　人類愛に捧げた生涯〈人物近代女性史〉
梅原猛　瀬戸内寂聴　寂聴・猛の強く生きる心
関川夏央　よい病院とはなにか〈病むことと老いること〉
関川夏央　水の中の八月
関川夏央　中年シングル生活
関川夏央　やむにやまれず
先崎学　フフフの歩
妹尾河童　少年H ㊤㊦
妹尾河童　河童が覗いたインド
妹尾河童　河童が覗いたヨーロッパ
妹尾河童　河童が覗いたニッポン

妹尾河童　野坂昭如　少年Hと少年A
清涼院流水　コズミック流
清涼院流水　ジョーカー清
清涼院流水　ジョーカー涼
清涼院流水　コズミック水
清涼院流水　カーニバル一輪の花
清涼院流水　カーニバル二輪の草
清涼院流水　カーニバル三輪の層
清涼院流水　カーニバル四輪の牛
清涼院流水　カーニバル五輪の書
清涼院流水　秘密屋文庫　知ってる怪
曽野綾子　幸福という名の不幸 ㊤㊦
曽野綾子　私を変えた聖書の言葉
曽野綾子　自分の顔、相手の顔〈自分流を貫く生き方のすすめ〉
曽野綾子　それぞれの山頂物語 今こそ主体性のある生き方をしたい
曽野綾子　安逸と危険の魅力
蘇部健一　六枚のとんかつ
蘇部健一　長野・上越新幹線四時間三十分の壁
蘇部健一　動かぬ証拠

蘇部健一　木乃伊《ミイラ》男
そのだちえ　なにわOL処世道
宗田理　13歳の黙示録
曽我部司　北海道警察の冷たい夏
田辺聖子　古川柳おちぼひろい
田辺聖子　川柳でんでん太鼓
田辺聖子　私的生活
田辺聖子　愛の幻滅
田辺聖子　苺をつぶしながら〈新・私的生活〉
田辺聖子　不倫は家庭の常備薬
田辺聖子　おかあさん疲れたよ ㊤㊦
田辺聖子　ひねくれ一茶
田辺聖子　「おくのほそ道」を旅しよう〈古典を歩く11〉
田辺聖子　薄荷草《ペパーミント・ラヴ》の恋
谷川俊太郎訳　和田誠絵　マザー・グース 全四冊
立花隆　田中角栄研究全記録 ㊤㊦
立花隆　中核VS革マル ㊤㊦
立花隆　日本共産党の研究 全三冊
立花隆　青春漂流